雅典日研所 企編

 （附 QR Code 隨掃隨聽音檔）

報復性旅遊
必備的萬用日語

「リベンジ旅行で日本語を使おう！」

將疫情時光充分玩回，
暢遊日本玩到瘋。

國家圖書館出版品預行編目資料

報復性旅遊必備的萬用日語 / 雅典日研所企編

-- 初版 -- 新北市：雅典文化，

民113.03　面；　公分 -- (全民學日語；74)

ISBN 978-626-7245-30-9 (平裝)

1. CST: 日語　2. CST: 旅遊　3. CST: 會話

803.188　　　　　　　　　　　　112018009

全民學日語系列 **74**

報復性旅遊必備的萬用日語

雅典日研所／企編
責任編輯／張文慧
內文排版／鄭孝儀
封面設計／林鈺恆

掃描填回函
好書隨時抽

法律顧問：方圓法律事務所／涂成樞律師

總經銷：永續圖書有限公司

永續圖書線上購物網
www.foreverbooks.com.tw

出版日／2024年03月

ⓐ雅典文化

出版社

22103　新北市汐止區大同路三段194號9樓之1

TEL　(02) 8647-3663

FAX　(02) 8647-3660

● 前 言 ●

出國旅遊必備寶典

「馬上就要出國了,現在學日文還來得及嗎?」

「我想要出國自助旅行,可是我的菜日文卻讓我很傷腦筋!」

「學了多年的日文,卻老是不敢開口說日文!」

以上是您面對要說日文時的心聲嗎?別氣餒,

「報復性旅遊必備的萬用日語」幫助您解決所有的日文學習問題。

為什麼您需要在出國前好好地看一看「報復性旅遊必備的萬用日語」這本書呢?原因有以下幾種:

一、本書利用【基本句型】加強您面對各種情境時,能夠主動發言的日文實力。

● 基本句型 ●

チーズケーキをいただけますか。

chi.i.zu.ke.i.ki.o./i.ta.da.ke.ma.su.ka.

我想要點起司蛋糕。

二、本書更搭配了相關情境的【實用會話】,以應付您在旅遊時所面臨的各種情境。

● 實用會話 ●

Ⓐ 食後のデザートは何にしますか？

sho.ku.go.no.de.za.a.to.wa./na.ni.ni.shi.ma.su.ka

正餐後，你要什麼甜點？

Ⓑ チーズケーキをいただけますか。

chi.i.zu.ke.i.ki.o./i.ta.da.ke.ma.su.ka.

我想要點起司蛋糕。

Ⓐ 分かりました。お客様は？

wa.ka.ri.ma.shi.ta./o.kya.ku.sa.ma.wa.

好的。先生，你呢？

Ⓑ いや結構です。ありがとう。

i.ya./ke.kko.u./de.su./a.ri.ga.to.u.

我不用，謝謝！

三、相同情境有許多不同的句子可以應付，【相
　　關例句】便提供您相關的語句學習機會，讓
　　您可以在同一時間，學習多元的表達方式。

● 相關例句 ●

例 アイスクリームにしてみます。

a.i.su.ku.ri.i.mu.ni./shi.te.mi.ma.su.

我想吃冰淇淋。

四、【關鍵單字】提點您相關的重點單字,讓您
　　學習會話的同時也能背誦單字。

五、最後,本書還提供【旅遊單字總匯】,讓您
　　一次學習齊全相關旅遊日文的單字。

　　開口說日文並不難,重點是方法要正確,藉由生
活情境中的需求學習日文,將會是事半功倍的學習效
率。無論是登機、出境、入境,到食宿、旅遊、觀
光,「報復性旅遊必備的萬用日語」完全搞定!

前　言 005

Unit 1　詢問航班 016

Unit 2　查詢其他航班 018

Unit 3　預約航班 020

Unit 4　訂兩張機票 022

Unit 5　訂直達班機 024

Unit 6　訂轉機班機 026

Unit 7　訂來回機票 028

Unit 8　訂早晨班機 030

Unit 9　查詢班機時刻表 032

Unit 10　詢問票價 034

Unit 11　變更班機 036

Unit 12　取消機位 038

Unit 13　確認機位 040

Unit 14　登機報到 042

Unit 15　報到劃位 043

Unit 16　行李超重 046

Unit 17　手提行李 048

Unit 18　託運行李 050

Unit 19　確認登機時間 052

Unit 20　詢問登機地點 054

Unit 21　確認登機門號碼 056

Unit 22　表明自己要轉機 058

Unit 23　轉機的相關問題 060

Unit 24　確認轉機的航班 062

Unit 25　尋找座位 064

Unit 26　請求協尋座位 066

Unit 27　請求帶位服務 068

Unit 28　質疑對方坐錯座位 070

Unit 29　要求更換座位 072

Unit 30　要求提供幫助 074

Unit 31　提供毯子 077

Unit 32　詢問洗手間的方位 079

Unit 33　要求協助填寫表格 081

Unit 34　放置行李 083

Unit 35　打開話匣子 085

Unit 36　自我介紹 087

Unit 37　結束聊天 089

Unit 38　飛機上的餐點 090

Unit 39　是否有素食餐點 093

Unit 40　飛機上的飲料 095

Unit 41　指定飲料 097

Unit 42　想要嘔吐 099

Unit 43　覺得不舒服 101

Unit 44　請求提供醫藥服務 103

Unit 45　在海關遞交證件 105

Unit 46　解釋出國的目的 107

Unit 47　回答停留時間 109

Unit 48　入境時申報物品 111

Unit 49　在海關檢查行李 113

Unit 50　解釋行李內的物品 115

Unit 51　行李提領 117

Unit 52　失物招領中心 119

Unit 53　申報行李遺失 122

Unit 54　行李遺失的數量 125

Unit 55　詢問兌換貨幣處 127

Unit 56　兌換匯率 129

Unit 57　兌換貨幣 131

Unit 58　紙鈔兌換成零錢 133

Unit 59　辦理入住手續 136

Unit 60　預約訂房 138

Unit 61　住宿時間 140

Unit 62　增加住宿天數 142

Unit 63　退房 144

Unit 64　訂單人床的房間 146

Unit 65　訂雙人房 148

Unit 66　早上叫醒服務 150

Unit 67　要求多加一張床 152

Unit 68　送餐食到房間 154

Unit 69　供應餐點 157

Unit 70　要求櫃台協助 159

Unit 71　衣服送洗的服務 162

Unit 72　遇到問題 165

Unit 73　住宿費用 168

Unit 74　其他額外的費用 170

Unit 75　肚子餓 173

Unit 76　餐點的種類 175

Unit 77　詢問想吃什麼 178

Unit 78　邀請朋友一起用餐 180

Unit 79　預約餐廳的訂位 182

Unit 80　確認用餐的人數 184

Unit 81　詢問餐廳是否客滿 186

Unit 82　對座位不滿意 187

Unit 83　確認何時點餐 190

Unit 84　要求看菜單 192

Unit 85　有關於餐點 194

Unit 86　餐廳的特餐 196

Unit 87　牛排的烹調熟度 199

Unit 88　侍者的推薦 201

Unit 89　點和他人相同餐點 203

Unit 90　一般飲料 205

Unit 91　甜點 207

Unit 92　確認點完餐 208

Unit 93　請儘快上菜 210

Unit 94　請同桌者遞調味料 212

Unit 95　請服務生協助 214

Unit 96　整理桌面 216

Unit 97　仍繼續在用餐 218

Unit 98　結帳 220

Unit 99　分開結帳 222

Unit 100　請客 224

Unit 101　帳單明細 226

Unit 102 決定要內用或外帶 228

Unit 103 速食餐點醬料 230

Unit 104 點速食店的飲料 232

Unit 105 咖啡的奶精和糖包 234

Unit 106 遊客服務中心 236

Unit 107 參加旅遊團 239

Unit 108 旅遊團種類 242

Unit 109 推薦觀光景點 244

Unit 110 旅遊團的費用 247

Unit 111 計程車招呼站 250

Unit 112 搭計程車 252

Unit 113 搭計程車需要的時間 254

Unit 114 到達目的地 256

Unit 115 計程車車資 258

Unit 116 迷路 259

Unit 117 搭公車 261

Unit 118 逛街 263

Unit 119 買特定商品 265

Unit 120 商品的售價 268

Unit 121 是否有特價促銷 270

Unit 122 不滿意商品 272

Unit 123 試穿衣物 274

Unit 124 詢問商品的尺寸 277

Unit 125 是否有折扣 279

附錄─旅遊常用單字總匯 281

Unit **1** 詢問航班

•基本句型•

5月2日に東京行きの便はあります
か？

go.ga.tsu.fu.tsu.ka.ni./to.u.kyo.u.yu.ki.no.bin.wa./a.
ri.ma.su.ka.

你們有五月二日飛東京的班機嗎？

•實用會話•

A おはようございます。こちらは日本航空でござ
います。ご用件はなんでしょうか？

o.ha.you.go.za.i.ma.su./ko.chi.ra.wa./ni.ho.n.kou.k
uu.de.go.za.i.ma.su./go.you.ke.n.wa./nan.de.sho.u.ka.
早安，這是日本航空。有什麼需要我效勞的嗎？

B 5月2日に台北発東京行きの便はありますか？

go.ga.tsu.fu.tsu.ka.ni./ta.i.pe.i.ha.tsu./to.u.kyo.u.yu.
ki.no.bin.wa./a.ri.ma.su.ka.
你們有五月二日從台北到東京的班機嗎？

A フライトをお調べしますので、少々お待ちくだ
さい。

fu.ra.i.to.o/o.shi.ra.be.shi.ma.su.no.de./sho.u.sho.u.o.
ma.chi.ku.da.sa.i.
請稍等，我查一下是否有任何班機。

Ⓑ ありがとうございます。

a.ri.ga.to.u.go.za.i.ma.su.

謝謝。

Ⓐ 5月2日に直行便があります。

go.ga.tsu.fu.tsu.ka.ni./cho.kko.u.bi.n.ga./a.ri.ma.su.

我們有一班五月二日直達的班機。

Ⓑ それでは、この便で予約をお願いします。

so.re.de.wa./ko.no.bi.n.de/yo.ya.ku.o./o.ne.ga.i.shi.ma.su.

那我要訂這一個班次。

●關鍵單字●

フライト、便	fu.ra.i.to./bi.n.	班機 班次
用件	yo.u.ke.n	要事
調べる	shi.ra.be.ru	查
直行便	cho.kko.u.bi.n.	直達班機

track 003

Unit **2** 查詢其他航班

●基本句型●

それより前の便はありますか？

so.re.yo.ri./ma.e.no.bi.n.wa./a.ri.ma.su.ka.

你們有之前的其他班機嗎？

●實用會話●

Ⓐ 次の日曜日に東京行きの便はありますか？

tsu.gi.no.ni.chi.yo.u.bi.ni./to.u.kyo.u.yu.ki.no.bi.n.
wa./a.ri.ma.su.ka.

你們有下星期天到東京的班機嗎？

Ⓑ お調べします。今度の日曜日の便は無いようです。

o.shi.ra.be.shi.ma.su./ko.n.do.no.ni.chi.yo.u.bi.no.bi.
n.wa./na.i.yo.u.de.su.

讓我查一查。我們下星期天沒有任何航班。

Ⓐ それより前の便はありますか？

so.re.yo.ri./ma.e.no.bi.n.wa./a.ri.ma.su.ka.

你們有之前的其他班機嗎？

Ⓑ 8月25日でしたら便があります。

ha.chi.ga.tsu.ni.ju.u.go.ni.chi.de.shi.ta.ra./bi.n.ga.a.ri.
ma.su.

我們有一班八月廿五日的班機。

Ⓐ 分かりました。ですが 8 月 30 日まで出発できないです。

wa.ka.ri.ma.shi.ta./de.su.ga./ha.chi.ga.tsu.sa.n.ju.u.ni.
chi.ma.de./shu.ppa.tsu.de.ki.na.i.de.su.

我了解，可是我八月卅日前無法成行。

Ⓑ 大変申し訳ございません、お客様。これは私たちの唯一の便です。

ta.i.he.n.mo.u.shi.wa.ke.go.za.i.ma.se.n./o.kya.ku.sa.
ma./ko.re.wa./wa.ta.shi.ta.chi.no./yu.i.i.tsu.no./bi.n.
de.su.

很抱歉，先生，那是我們僅有的一個班次。

●相關例句●

例 次の大阪行きの、一番早い便は何ですか？

tsu.gi.no.o.o.sa.ka.yu.ki.no,/i.chi.ba.n.ha.ya.i.bi.n.
wa./na.n.de.su.ka.

下一班最早到大阪的班機是哪一個班次？

●關鍵單字●

それより	so.re.yo.ri.	在那之前
出発	shu.ppa.tsu.	離境
唯一	yu.i.i.tsu.	僅有的

track 004

Unit 3 預約航班

●基本句型●

5月2日の803便を予約したいのですが。

go.ga.tsu.fu.tsu.ka.no.ha.chi.ze.ro.sa.n.bi.n.o.yo.ya.ku.shi.ta.i.no.de.su.ga.

我要訂五月二日的 803 班次。

●實用會話●

A 5月2日の803便を予約したいのですが。

go.ga.tsu.fu.tsu.ka.no.ha.chi.ze.ro.sa.n.bi.n.o./yo.ya.ku.shi.ta.i.no.de.su.ga.

我要訂五月二日的 803 班次。

B 承知いたしました。お名前をいただいてもよろしいですか?

sho.u.chi.i.ta.shi.ma.shi.ta./o.na.ma.e.o./i.ta.da.i.te.mo.yo.ro.shi.i.de.su.ka.

好的!請問你的大名?

A チャーリー・ベイカーと申します。

Cha.a.ri.i.be.i.ka.a.to./mo.u.shi.ma.su.

我的名字是查理 貝克。

B お名前の綴りはどう書きますか?

o.na.ma.e.no.tsu.zu.ri.wa.do.u.ka.ki.ma.su.ka.

你的名字怎麼拼?

A C-H-A-R-L-I-E B-A-K-E-R.

C-H-A-R-L-I-E B-A-K-E-R

C-H-A-R-L-I-E B-A-K-E-R.

B わかりました。少々お待ちください。

wa.ka.ri.ma.shi.ta./sho.u.sho.u.o.ma.chi.ku.da.sa.i.

好的，請稍等。

A はい。

ha.i.

沒問題。

●相關例句●

例 飛行機の予約をしたいのですが。

hi.ko.u.ki.no.yo.ya.ku.o./shi.ta.i.no.de.su.ga.

我要預約訂位。

例 明日東京行きの便を予約したいのですが。

a.shi.ta.to.u.kyo.u.yu.ki.no.bi.n.o./yo.ya.ku.shi.ta.i.
no.de.su.ga.

我要預定明天到東京的航班。

●關鍵單字●

綴り　　　　　tsu.zu.ri. 拼

Unit ❹ 訂兩張機票

●基本句型●

チケットを2人分予約したいのですが。

chi.ke.tto.o./fu.ta.ri.bu.n./yo.ya.ku.shi.ta.i.no.de.su.ga.

我要訂兩張機票。

●實用會話●

A 8月25日台北発東京行きのチケットを2人分予約したいのですが。

ha.chi.ga.tsu.ni.ju.u.go.ni.chi./tai.pei.ha.tsu./to.u.kyo.u.yu.ki.no./chi.ke.tto.o./fu.ta.ri.bu.n./yo.ya.ku.shi.ta.i.no.de.su.ga.

我要訂八月廿五日二張從台北到東京的機票。

B 承知しました。朝9時に1便、11時にもう1便がありますが、どちらのほうがいいですか？

sho.u.chi.shi.ma.shi.ta./a.sa.ku.ji.ni./i.chi.bi.n./ju.u.i.chi.ji.ni./mo.u.i.chi.bi.n.ga.a.ri.ma.su.ga./do.chi.ra.no.ho.u.ga.ii.de.su.ka.

好的！早上九點鐘有一班，還有一班是十一點鐘。你想要哪一個航班？

Ⓐ 9時の便にしたいです。

ku.ji.no.bi.n.ni./shi.ta.i.de.su.

我要九點鐘的班次。

Ⓑ おふたりのお名前をいただいてもよろしいです
か？

o.fu.ta.ri.no.o.na.ma.e.o./i.ta.da.i.te.mo./yo.ro.shi.i.
de.su.ka.

請給我二位的名字。

Ⓐ チャーリー・ベイカーとリタ・スミスです。

Cha.a.ri.i.be.i.ka.a./to./ri.ta.su.mi.su./de.su.

查理 貝克和瑞塔 史密斯。

Ⓑ かしこまりました。出発の 2 時間前には必ず
空港に着いてください。

ka.shi.ko.ma.ri.ma.shi.ta./shu.ppa.tsu.no.ni.ji.ka.n.
ma.e.ni.wa./ka.na.ra.zu./ku.u.ko.u.ni./tsu.i.te.ku.da.
sa.i.

好的！記住要在離境前兩個小時到達機場。

●關鍵單字●

チケット	chi.ke.tto. 機票
ふたり	fu.ta.ri. 兩位
～の方が良い	～no.ho.u.ga.ii. 較喜歡
空港	ku.u.ko.u. 機場

track 006

Unit ❺ 訂直達班機

●基本句型●

ちょっこうびん よやく
直行便を予約したいのですが。
cho.kko.u.bi.n.o./yo.ya.ku.shi.ta.i.no.de.su.ga.
我要訂直達的班機。

●實用會話●

Ⓐ たいべいはつとうきょうゆ
台北発東京行きのチケットを予約したいのです
が。
ta.i.pe.i.ha.tsu./to.u.kyo.u.yu.ki.no./chi.ke.tto.o./yo.
ya.ku.shi.ta.i.no.de.su.ga.
我要預約從台北到東京的機票。

Ⓑ わかりました。いつ出発したいですか？
wa.ka.ri.ma.shi.ta./i.tsu.shu.ppa.tsu.shi.ta.i.de.su.ka.
好的！你什麼時候要離開？

Ⓐ つぎ すいようび しゅっぱつ
次の水曜日に出発したいのですが。
tsu.gi.no.su.i.yo.u.bi.ni./shu.ppa.tsu.shi.ta.i.no.de.su.
ga.
我想要在下星期三離開。

Ⓑ フライトをお調べしますので、少々お待ちくだ
さい。
fu.ra.i.to.o./o.shi.ra.be.shi.ma.su.no.de./sho.u.sho.u.o.
ma.chi.ku.da.sa.i.
讓我查一查航班，請稍候。

Ⓐ それと、直行便を予約したいのですが。

so.re.to./cho.kko.u.bi.n.o./yo.ya.ku.shi.ta.i.no.de.su.
ga.

另外，我想要直達的班機。

Ⓑ かしこまりました。台北発東京行きの直行便ですね。

ka.shi.ko.ma.ri.ma.shi.ta./ta.i.pe.i.ha.tsu./to.u.kyo.u.
yu.ki.no./cho.kkou.bi.n.de.su.ne.

好的，從台北到東京的直達班機。

●相關例句●

例 ニューヨーク発東京行きの直行便を探しています。

nyu.u.yo.o.ku.ha.tsu./to.u.kyo.u.yu.ki.no./cho.kko.u.
bi.n.o./sa.ga.shi.te.i.ma.su.

我在找從紐約直飛東京的班機。

●關鍵單字●

それと	so.re.to. 另外；順便一提
探す	sa.ga.su. 找

track 007

Unit **6** 訂轉機班機

•基本句型•

乗<small>の</small>り継<small>つ</small>ぎ便<small>びん</small>を予約<small>よやく</small>したいのですが。

no.ri.tsu.gi.bi.n.o/yo.ya.ku.shi.ta.i.no.de.su.ga.

我要訂需要轉機的班機。

•實用會話•

Ⓐ シアトル行<small>ゆ</small>きの乗<small>の</small>り継<small>つ</small>ぎ便<small>びん</small>を予約<small>よやく</small>したいのですが。

shi.a.to.ru.yu.ki.no./no.ri.tsu.gi.bi.n.o./yo.ya.ku.shi.ta.i.no.de.su.ga.

我要訂到西雅圖的轉機班機。

Ⓑ 東京<small>とうきょう</small>での乗<small>の</small>り継<small>つ</small>ぎは可能<small>かのう</small>です。

to.u.kyo.u.de.no./no.ri.tsu.gi.wa/ka.no.u.de.su.

你可以在東京轉機。

Ⓐ 東京<small>とうきょう</small>ですか?それはあまり都合<small>つごう</small>が良<small>よ</small>くないです。

to.u.kyo.u.de.su.ka./so.re.wa.a.ma.ri.tsu.go.u.ga./yo.ku.na.i.de.su.

東京?我覺得這不是個好主意。

Ⓑ それか香港<small>ほんこん</small>での乗<small>の</small>り継<small>つ</small>ぎも可能<small>かのう</small>です。

so.re.ka./ho.n.ko.n.de.no./no.ri.tsu.gi.mo./ka.no.u.de.su.

或是你想要在香港轉機?

Ⓐ 香港で乗り継ぎの方がいいです。

ho.n.ko.n.de./no.ri.tsu.gi.no.ho.u.ga./i.i.de.su.

我比較喜歡在香港轉機。

Ⓑ 台北発、香港経由のシアトル行きの便ですね。
少々お待ちください。

ta.i.pe.i.ha.tu./ho.n.ko.n.ke.i.yu.no./shi.a.to.ru.yu.ki.
no.bi.n.de.su.ne./sho.u.sho.u.o.ma.chi.ku.da.sa.i.

好的台北到西雅圖在香港轉機的班機。請稍候。

關鍵單字

乗り継ぎ便	no.ri.tsu.gi.bi.n	轉機班機
乗り継ぎ	no.ri.tsu.gi.	中途停留(為了轉機而停留不入境)
都合が良くない	tsu.go.u.ga.yo.ku.na.i.	不太方便
経由	ke.i.yu.	經過 (轉機)

track 008

Unit 7 訂來回機票

●基本句型●

往復チケットを予約したいのですが。

o.u.fu.ku.chi.ke.tto.o./yo.ya.ku.shi.ta.i.no.de.su.ga.

我要訂一張來回機票。

●實用會話●

Ⓐ 往復チケットを予約したいのですが。

o.u.fu.ku.chi.ke.tto.o./yo.ya.ku.shi.ta.i.no.de.su.ga.

我要訂一張來回機票。

- -

Ⓑ どちらまで行くご予定ですか？

do.chi.ra.ma.de./i.ku./go.yo.te.i.de.su.ka.

你計畫去哪裡？

- -

Ⓐ 台北から香港へ。

ta.i.pe.i.ka.ra./ho.n.ko.n.e.

從台北到香港。

- -

Ⓑ いつ出発ですか？

i.tsu./shu.ppa.tsu.de.su.ka？

你想什麼時候離境？

- -

Ⓐ 月曜日から金曜日までならいつでも結構です。

ge.tsu.yo.u.bi.ka.ra./ki.n.yo.u.bi.ma.de.na.ra./i.tsu.de.mo./ke.kko.de.su.

從這個星期一到星期五都可以。

Ⓑ 水曜日<ruby>すいようび</ruby>なら便<ruby>びん</ruby>があります。

su.i.yo.u.bi.na.ra./bi.n.ga./a.ri.ma.su.

我們這個星期三有航班。

Ⓐ 水曜日<ruby>すいようび</ruby>ですか？では、この便<ruby>びん</ruby>を予約<ruby>よやく</ruby>したいです。

su.i.yo.u.bi.de.su.ka./de.wa./ko.no.bi.n.o./yo.ya.ku.shi.ta.i.de.su.

星期三？好，我要訂這一個航班。

- -

●相關例句●

例 帰<ruby>かえ</ruby>りのチケットは変更制限<ruby>へんこうせいげん</ruby>なしにしてください。

ka.e.ri.no.chi.ke.tto.wa./he.n.ko.u.se.i.ge.n.na.shi.ni./shi.te.ku.da.sa.i.

回程機票請不要限定班次時間。

●關鍵單字●

往復<ruby>おうふく</ruby>チケット	o.u.fu.ku.chi.ke.tto.	來回機票
結構<ruby>けっこう</ruby>です	ke.kko.u.de.su.	可以、沒問題
帰<ruby>かえ</ruby>りのチケット	ka.e.ri.no.chi.ke.tto.	回程機票
変更制限<ruby>へんこうせいげん</ruby>	he.n.ko.u.se.i.ge.n.	更改限制

Unit 8 訂早晨班機

●基本句型●

午前中の便の方がいいのですが。
ごぜんちゅう　　びん　　ほう

go.ze.n.chu.u.no.bi.n./no.ho.u.ga./i.i.no.de.su.ga.

我偏好在早上的班機。

●實用會話●

Ⓐ 9月1日に京都に行きたいです。
くがつついたち　きょうと　い

ku.ga.tsu.tsu.i.ta.chi.ni./kyo.u.to.ni./i.ki.ta.i.de.su.

我想要在九月一日飛京都。

- -

Ⓑ かしこまりました。空席をお調べいたします。
くうせき　　しら

ka.shi.ko.ma.ri.ma.shi.ta./ku.u.se.ki.o./o.shi.ra.be.i.
ta.shi.ma.su.

好的，讓我查一查哪一班航班有位子。

- -

Ⓐ 午前中の便の方がいいのですが。
ごぜんちゅう　　びん　　ほう

go.ze.n.chu.u.no./bi.n.no.ho.u.ga./i.i.no.de.su.ga.

我偏好在早上的班機。

- -

Ⓑ 朝8時出発の861便があります。
あさ　じ　しゅっぱつ　　びん

a.sa.ha.chi.ji.shu.ppa.tsu.no./ha.chi.ro.ku.i.chi.bi.n.
ga./a.ri.ma.su.

我們有 861 班機早上八點鐘離境。

- -

🅐 いいですね。何時に空港に着けばいいですか？

i.i.de.su.ne./na.n.ji.ni.ku.u.ko.u.ni./tsu.ke.ba.i.i.de.su.ka

很好。我應該什麼時候到機場？

🅑 チェックインは6時30分です。

che.kku.i.n.wa./ro.ku.ji.sa.n.ju.ppu.n.de.su.

報到登機的時間在六點卅分。

●關鍵單字●

午前中の便	go.ze.n.chu.u.no.bi.n. 上午出發的班機
空席	ku.u.se.ki. 空位
チェックイン時間	che.kku.i.n.ji.kan 登機報到的時間

Unit ❾ 查詢班機時刻表

●基本句型●

飛行機の搭乗時間を調べてもらえませんか？

hi.ko.u.ki.no./to.u.jo.u.ji.ka.n.o./shi.ra.be.te.mo.ra.e.ma.se.n.ka？

你能替我查班機登機時間嗎？

●實用會話●

A 飛行機の搭乗時間を調べてもらえませんか？

hi.ko.u.ki.no./to.u.jo.u.ji.ka.n.o./shi.ra.be.te.mo.ra.e.ma.se.n.ka？

你能替我查班機登機時間嗎？

B フライト便を教えてください。

fu.ra.i.to.bi.n.o/o.shi.e.te.ku.da.sa.i.

請告訴我班機號碼。

A 265便です。

ni.ro.ku.go.bi.n.de.su.

265 號班機。

B 265便は飛行機の予定表に見当たらないようです。

ni.ro.ku.go.bi.n.wa./hi.ko.u.ki.no./yo.te.i.hyo.u.ni./mi.a.ta.ra.na.i.yo.u. de.su.

265 號班機沒有在飛機的航程中。

Ⓐ 本当ですか？ではきっと私は何か間違えました。ごめんなさい。

ho.n.to.u.de.su.ka?/de.wa.ki.tto./wa.ta.shi.wa./na.ni.ka./ma.chi.ga.e.ma.shi.ta./ go.me.n.na.sa.i.

真的？那我一定是搞錯了。抱歉。

Ⓑ 大丈夫です。

dai.jo.u.bu.de.su.

沒關係！

● 相關例句 ●

例 803便は何時頃到着する予定ですか？

ha.chi.ze.ro.sa.n.bi.n.wa./na.n.ji.go.ro./to.u.cha.ku.su.ru.yo.te.i./de.su.ka?

803 號班機何時會抵達？

● 關鍵單字 ●

搭乗時間	to.u.jo.u.ji.ka.n. 登機時間
見当たらない	mi.a.ta.ra.na.i. 找不到
到着	to.u.cha.ku. 抵達

track 011

Unit ❿ 詢問票價

●基本句型●

<ruby>片道<rt>かたみち</rt></ruby>のチケットはいくらですか？

ka.ta.mi.chi.no./chi.ke.tto.wa./i.ku.ra.de.su.ka.

單程票價是多少錢？

●實用會話●

Ⓐ <ruby>台北発東京行<rt>たいぺいはつとうきょうゆ</rt></ruby>きのチケットはいくらですか？

ta.i.pe.i.ha.tsu.to.u.kyo.u.yu.ki.no.chi.ke.tto.wa./i.ku.ra.de.su.ka.

從台北到東京票價是多少錢？

Ⓑ どのクラスの<ruby>席<rt>せき</rt></ruby>を<ruby>お求<rt>もと</rt></ruby>めですか？

do.no.ku.ra.su.no.se.ki.o./o.mo.to.me.de.su.ka.

你想要哪一種等級的座位？

Ⓐ <ruby>何<rt>なに</rt></ruby>がありますか？

na.ni.ga./a.ri.ma.su.ka.

你們有哪些？

Ⓑ ファーストクラスとビジネスクラスをご<ruby>用意<rt>ようい</rt></ruby>できます。

fa.a.su.to.ku.ra.su./to./bi.ji.ne.su.ku.ra.su./o./go.yo.u.i.de.ki.ma.su.

我們有頭等艙和商務艙。

Ⓐ ファーストクラスの席をお願いします。

fa.a.su.to.ku.ra.su.no.se.ki.o./o.ne.ga.i.shi.ma.su.

我想要頭等艙的座位。

Ⓑ ファーストクラスのお値段は1万元です。

fa.a.su.to.ku.ra.su.no./o.ne.da.n.wa./i.chi.ma.n.ge.n.de.su.

頭等艙是一萬元。

Ⓐ 1万元ですか？では片道の値段はおいくらですか？

i.chi.ma.n.ge.n.de.su.ka./de.wa./ka.ta.mi.chi.no.ne.da.n.wa./o.i.ku.ra.de.su.ka.

一萬元？那麼單程票價是多少？

●相關例句●

例 チケットはおいくらですか？

chi.ke.tto.wa./o.i.ku.ra.de.su.ka.

機票多少錢？

例 ニューヨーク発東京行きのチケットはおいくらですか？

nyu.u.yo.o.ku.ha.tsu./to.u.kyo.u.yu.ki.no./chi.ke.tto.wa.o.i.ku.ra.de.su.ka.

從紐約飛東京票價是多少？

●關鍵單字●

片道のチケット	ka.ta.mi.chi.no.chi.ke.tto.	單程票
ファーストクラス	fa.a.su.to.ku.ra.su.	頭等艙
ビジネスクラス	bi.ji.ne.su.ku.ra.su.	商務艙

track 012

Unit ⓫ 變更班機

●基本句型●

フライトを変更したいのですが。
fu.ra.i.to.o./he.n.ko.u.shi.ta.i.no.de.su.ga.

我想要變更班機。

●實用會話●

Ⓐ 日本航空です。何かできることがありますか。

ni.ho.n.ko.u.ku.u.de.su./na.ni.ka.de.ki.ru.ko.to.ga./a.
ri.ma.su.ka.

日本航空，你好。有什麼需要我效勞的嗎？

Ⓑ チャーリー・ベイカーです。フライトを変更し
たいのですが。

cha.a.ri.i.be.i.ka.a.de.su./fu.rai.to.o./he.n.ko.u.shi.ta.i.
no.de.su.ga.

我是查理 貝克，我想要變更班機。

Ⓐ いつに変更希望ですか？

i.tsu.ni./he.n.ko.u.ki.bo.u.de.su.ka.

你想要改到什麼時間呢？

Ⓑ 午後4時の便に変更したいのですが。

go.go.yo.ji.no.bi.n.ni./he.n.ko.u.shi.ta.i.no.de.su.ga.

我想把班機改成下午四點鐘的那班飛機。

Ⓐ ベイカー様、申し訳ございませんが、午後 4 時のフライトは全部満席です。キャンセル待ちのリストにお入れできますが。

be.i.ka.a.sa.ma./mo.u.shi.wa.ke.go.za.i.ma.se.n.ga./go.go.yo.ji.no.fu.ra.i.to.wa./zen.bu.ma.n.se.ki.de.su./kya.n.se.ru.ma.chi.no./ri.su.to.ni./o.i.re.de.ki.ma.su.ga.

貝克先生很抱歉，四點鐘的班機已經沒有機位了。我可以幫你排進候補名單。

Ⓑ お願いします。ありがとうございます。

o.ne.ga.i.shi.ma.su./a.ri.ga.to.u./go.za.i.ma.su.

請幫我排候補名單。非常謝謝你。

●相關例句●

例 飛行機の予約を変更したいのですが。

hi.kou.ki.no.yo.ya.ku.o./he.n.ko.u.shi.ta.i.no.de.su.ga.

我想要變更我的（班機）預約。

關鍵單字

満席	ma.n.se.ki.	客滿
キャンセル待ち	kya.n.se.ru.ma.chi.	候補

track 013

Unit 12 取消機位

●基本句型●

予約をキャンセルしたいのですが。
yo.ya.ku.o./kya.n.se.ru.shi.ta.i.no.de.su.ga.
我想取消我的訂位。

●實用會話●

Ⓐ こんにちは。日本航空です。

ko.n.ni.chi.wa./ni.ho.n.ko.u.ku.u.de.su.
午安，這是日本航空。

Ⓑ 明日の東京行き 807 便を予約しています。

a.shi.ta.no.to.u.kyo.u.yu.ki./ha.chi.ze.ro.na.na.bi.n.o./
yo.ya.ku.shi.te.i.ma.su.
我訂了明天飛往東京的 807 號班機。

Ⓐ なにかお手伝いできることはありますか?

na.ni.ka./o.te.tsu.da.i.de.ki.ru.ko.to.wa./a.ri.ma.su.ka.
有什麼需要我效勞的嗎?

Ⓑ 予約をキャンセルしたいのですが。

yo.ya.ku.o./kya.n.se.ru.shi.ta.i.no.de.su.ga.
我想要取消我的訂位。

Ⓐ かしこまりました。お名前を教えていただけますか？すぐ予約を取り消しいたします。

ka.shi.ko.ma.ri.ma.shi.ta./o.na.ma.e.o./o.shi.e.te./i.ta.da.ke.ma.su.ka./su.gu.yo.ya.ku.o./to.ri.ke.shi.i.ta.shi.ma.su.

好的，請告訴我你的名字，我會立即取消你的預約。

Ⓑ チャーリー・ベィカーといいます。

cha.a.ri.i.be.i.ka.a.to./i.i.ma.su.

我的名字是查理 貝克。

●相關例句●

例 フライトをキャンセルしたいのですが。

fu.ra.i.to.o./kya.n.se.ru.shi.ta.i.no.de.su.ga.

我需要取消我的班機。

●關鍵單字●

| 手伝う | te.tsu.da.u. 幫忙、協助 |
| すぐ | su.gu. 立即、馬上 |

Unit ⓭ 確認機位

●基本句型●

飛行機の予約を再確認したいのですが。

hi.ko.u.ki.no.yo.ya.ku.o/sa.i.ka.ku.ni.n.shi.ta.i.no.de.su.ga.

我想再確認機位。

●實用會話●

Ⓐ ベイカーさんの予約を再確認したいのですが。

be.i.ka.a.sa.n.no.yo.ya.ku.o/sa.i.ka.ku.ni.n.shi.ta.i.no.de.su.ga.

我想替貝克先生再確認機位。

Ⓑ フライトの便名と出発の日程を教えていただけますか？

fu.ra.i.to.no.bi.n.me.i.to./shu.ppa.tsu.no.ni.ttei.o./o.shi.e.te./i.ta.da.ke.ma.su.ka?

請問班機號碼和起飛的日期？

Ⓐ 10月6日の午後1時東京行きの420便です。搭乗者のお名前はチャーリー・ベイカーです。

ju.u.ga.tsu.mu.i.ka.no./go.go.i.chi.ji./to.u.kyo.u.yu.ki.no./yo.n.ni.ze.ro.bi.n.de.su./to.u.jo.u.sha.no./o.na.ma.e.wa./cha.a.ri.i.be.i.ka.a.de.su.

是十月六日下午一點鐘到東京的420班機，名字是查理 貝克。

Ⓑ 少々お待ちください。確認いたします。

sho.u.sho.u./o.ma.chi.ku.da.sa.i./ka.ku.ni.n.i.ta.shi.
ma.su.

請稍候，我為你做確認。

（稍後）

Ⓑ お待たせしました。ベイカー様の予約が確認出来ました。

o.ma.ta.se.shi.ma.shi.ta./be.i.ka.a.sa.ma.no.yo.ya.ku.
ga./ka.ku.ni.n.de.ki.ma.shi.ta.

謝謝你的等候。貝克先生的位子已經確認無誤了。

●相關例句●

例 フライトを再確認したいのですが。

fu.ra.i.to.o./sa.i.ka.ku.ni.n.shi.ta.i.no.de.su.ga.

我要再確認我的班機。

關鍵單字

再確認　　　　　sa.i.ka.ku.ni.n. 再確認

便名と出発の日程　bi.n.me.i.to.shu.ppa.tsu.no.ni.
　　　　　　　　ttei.

　　　　　　　　班機號碼和起飛日期

Unit 14 登機報到

●基本句型●

どこでチェックイン出来ますか？

do.ko.de./che.kku.i.n.de.ki.ma.su.ka？

我可以在哪裡辦理登機手續？

●實用會話●

Ⓐ すみません、少しお聞きしても いいですか？

su.mi.ma.sen./su.ko.shi.o.ki.ki.shi.te.mo.i.i.de.su.ka.

對不起，請問一下？

Ⓑ はい。なにかお手伝いできることはありますか？

7ha.i./na.ni.ka.o.te.tsu.da.i.de.ki.ru.ko.to.wa./a.ri.ma.su.ka.

好的，我能為你做什麼？

Ⓐ どこでチェックイン出来ますか？

do.ko.de./che.kku.i.n./de.ki.ma.su.ka.

我可以在哪裡辦理登機手續？

Ⓑ 真っすぐ行ってから右へ曲がると、日本航空の カウンターが見えます。

ma.ssu.gu.i.tte.ka.ra./mi.gi.e./ma.ga.ru.to./ni.ho.n.ko.u.ku.u.no./ka.u.n.ta.a ga.mi.e.ma.su.

直走，然後右轉，你就會看到日本航空的櫃台。

A 分かりました。ありがとうございました。

wa.ka.ri.ma.shi.ta./a.ri.ga.to.u.go.za.i.ma.shi.ta.

我知道了。非常感謝你。

關鍵單字

真っすぐ行く ma.ssu.gu.iku. 往前方直走

右へ曲がる mi.gi.e./ma.ga.ru. 右轉

Unit 15 報到劃位

基本句型

窓側の席をお願いします。

ma.do.ga.wa.no.se.ki.o./o.ne.ga.i.shi.ma.su.

請給我靠窗戶的座位。

實用會話

A チェックインしたいのですが。

che.kku.i.n.shi.ta.i.no.de.su.ga.

我要辦理登機。

track 016

🅑 かしこまりました。パスポートと航空券をいただけますか？

ka.shi.ko.ma.ri.ma.shi.ta./pa.su.po.o.to.to./ko.u.ku.u.ke.n.o./i.ta.da.ke.ma.su.ka.

好的，請給我你的護照和飛機票。

🅐 はい。どうぞ。

ha.i./do.u.zo.

在這裡。

🅑 窓側と通路側の席の、どちらがよろしいですか？

ma.do.ga.wa.to./tsu.u.ro.ga.wa.no.se.ki.no./do.chi.ra.ga.yo.ro.shi.i.de.su.ka.

你要靠窗還是走道的座位？

🅐 窓側をお願いします。

ma.do.ga.wa.o./o.ne.ga.i.shi.ma.su.

請給我靠窗的座位。

🅑 少し確認させてください。窓側の席は1つ空きがあります。

su.ko.shi./ka.ku.ni.n.sa.se.te.ku.da.sa.i./ma.do.ga.wa.no.se.ki.wa./hi.to.tsu.a.ki.ga./a.ri.ma.su.

我看看。好的，剛好有剩下一個靠窗戶的座位。

●相關例句●

例 通路側の席をお願いします。

tsu.u.ro.ga.wa.no.se.ki.o./o.ne.ga.i.shi.ma.su.

我要靠走道的座位。

例 非常口席をお願いします。

hi.jo.u.gu.chi.se.ki.o./o.ne.ga.i.shi.ma.su.

請給我靠緊急出口的座位。

例 飛行機の後方の席をお願いできますか？

hi.ko.u.ki.no.ko.u.ho.u.no.se.ki.o./o.ne.ga.i.de.ki.ma. su.ka.

我能坐在機艙的後端嗎？

例 窓側の席がいいです。

ma.do.ga.wa.no./se.ki.ga./i.i.de.su.

我偏好靠窗的座位。

關鍵單字

パスポート	pa.su.po.o.to.	護照
航空券	ko.u.ku.u.ke.n.	機票
1つ空き	hi.to.tsu.a.ki.	一個空位
窓側の席	ma.do.ga.wa.no.se.ki.	靠窗的座位
通路側の席	tsu.u.ro.ga.wa.no.se.ki.	靠走道的座位
非常口席	hi.jo.u.gu.chi.se.ki	緊急出口的座位。

track 017

Unit 16 行李超重

●基本句型●

私の荷物は重量超過ですか？

wa.ta.shi.no.ni.mo.tsu.wa./ju.u.ryo.u.cho.u.ka.de.su.ka.

我的行李有超重嗎？

●實用會話●

A 預ける荷物はありますか？

a.zu.ke.ru.ni.mo.tsu.wa./a.ri.ma.su.ka.

你有行李(要託運)嗎？

B はい。このスーツケースとこの手荷物です。

ha.i./ko.no.su.u.tsu.ke.e.su.to./ko.no.te.ni.mo.tsu./de.su.

有的，這個行李和這個隨身袋子。

A 重量計の上に置いていただけますか？

ju.u.ryo.u.ke.i.no.u.e.ni./o.i.te.i.ta.da.ke.ma.su.ka.

請將它們放在磅秤上。

B はい。私の荷物は重量超過ですか？

ha.i./wa.ta.shi.no.ni.mo.tsu.wa./ju.u.ryo.u.cho.u.ka.de.su.ka.

好的。我的行李有超重嗎？

🅐 95 キロです。200 元の超過料金が追加されます。

kyu.u.ju.u.go.ki.ro.de.su./ni.hya.ku.ge.n.no.cho.u.ka.ryo.u.ki.n.ga./tsu.i.ka.sa.re.ma.su.

95公斤。你要付台幣 200 元的超載費。

●相關例句●

例 少なくとも20ポンドの重量超過です。

su.ku.na.ku.to.mo.ni.ju.u.po.n.do.no./ju.u.ryo.u.cho.u.ka./de.su.

它至少超重 20 磅。

●關鍵單字●

重量超過	ju.u.ryo.u.cho.u.ka. 超重
預ける荷物	a.zu.ke.ru.ni.mo.tsu. 託運行李
手荷物	te.ni.mo.tsu. 手提行李
重量計	ju.u.ryo.u.ke.i. 磅秤
超過料金	cho.u.ka.ryo.u.ki.n. 超載費
追加	tsu.i.ka. 追加
少なくとも	su.ku.na.ku.to.mo. 至少

track 018

Unit ⓱ 手提行李

●基本句型●

このバッグは私の機内持込手荷物です。

ko.no.ba.ggu.wa./wa.ta.shi.no.ki.na.i.mo.chi.ko.mi.
te.ni.mo.tsu.de.su.

這個袋子是我的隨身行李。

●實用會話●

🅐 お預けの荷物はございますか？

o.a.zu.ke.no.ni.mo.tsu.wa./go.za.i.ma.su.ka.
你有任何行李要託運的嗎？

🅑 いいえ。このバッグは私の機内持込手荷物です。

i.i.e./ko.no.ba.ggu.wa./wa.ta.shi.no.ki.na.i.mo.chi.ko.
mi.te.ni.mo.tsu.de.su.
沒有，這個袋子是我的隨身行李。

🅐 お客様の手荷物は大きさと重量が超過しています。

o.kya.ku.sa.ma.no./te.ni.mo.tsu.wa./o.o.ki.sa.to.ju.u.
ryo.u.ga./cho.u.ka.shi.te.i.ma.su.
你隨身的袋子太大又超重。

Ⓑ 分かりますが、これらはすべて割れ物です。

wa.ka.ri.ma.su.ga./ko.re.ra.wa./su.be.te.wa.re.mo.no.
de.su.

我知道，但是他們都是易碎的。

Ⓐ 恐れ入りますが、このバッグは預かり荷物にする必要があります。

o.so.re.i.ri.ma.su.ga./ko.no.ba.ggu.wa./a.zu.ka.ri.ni.
mo.tsu.ni./su.ru.hi.tsu.yo.u.ga./a.ri.ma.su.

先生，很抱歉，你的袋子恐怕要辦理託運。

關鍵單字

機内持込手荷物	ki.na.i.mo.chi.ko.mi.te.ni.mo.tsu. 隨身行李
割れ物	wa.re.mo.no. 易碎品
恐れ入りますが	o.so.re.i.ri.ma.su.ga. 很抱歉…

track 019

Unit 18 託運行李

基本句型

預ける荷物が2つあります。

a.zu.ke.ru./ni.mo.tsu.ga./fu.ta.tsu.a.ri.ma.su.

我有兩件行李要託運。

實用會話

Ⓐ 荷物はどのくらいありますか？

ni.mo.tsu.wa./do.no.ku.ra.i.a.ri.ma.su.ka.

你有多少件行李？

Ⓑ 預ける荷物は2つあります。

a.zu.ke.ru./ni.mo.tsu.wa./fu.ta.tsu.a.ri.ma.su.

我有兩件行李要託運。

Ⓐ 重量計の上に置いてください。

ju.u.ryo.u.ke.i.no.u.e.ni./o.i.te.ku.da.sa.i.

請將它們放在磅秤上。

（秤過行李後）

Ⓑ これはお客様の搭乗券です。お預かり荷物の引き換えはチケットの上に貼っておきました。

ko.re.wa./o.kya.ku.sa.ma.no./to.u.jo.u.ke.n.de.su./o.a.zu.ka.ri.ni.mo.tsu.no./hi.ki.ka.e.wa./chi.ke.tto.no.u.e.ni./ha.tte.o.ki.ma.shi.ta.

這是你的登機證，取行李的標籤貼在機票上。

Ⓑ ありがとうございました。

a.ri.ga.to.u.go.za.i.ma.shi.ta.

謝謝你。

- -

●相關例句●

例 預ける荷物があります。

a.zu.ke.ru./ni.mo.tsu.ga./a.ri.ma.su.

我有要託運的行李。

- -

●關鍵單字●

搭乗券	to.u.jo.u.ke.n.	登機證
荷物の引き換え	ni.mo.tsu.no.hi.ki.ka.e. 取行李的條碼標籤	
貼っておく	ha.tte.o.ku. 附在…之上、和…貼在一起	

track 020

Unit ⑲ 確認登機時間

● 基本句型 ●

とうじょうじかん
搭乗時間はいつですか？

to.u.jo.u.ji.ka.n.wa./i.tsu.de.su.ka.

登機時間是什麼時候？

● 實用會話 ●

🅐 こちらがお客様の搭乗券とパスポートです。

ko.chi.ra.ga./o.kya.ku.sa.ma.no./to.u.jo.u.ke.n.to./pa.su.po.o.to.de.su.

這是你的登機證和護照。

🅑 ありがとうございました。

a.ri.ga.to.u.go.za.i.ma.shi.ta.

謝謝你。

🅐 遅れないように搭乗してください。

o.ku.re.na.i.yo.u.ni./to.u.jo.u.shi.te.ku.da.sa.i.

別太晚去搭飛機。

🅑 搭乗時間はいつですか？

to.u.jo.u.ji.ka.n.wa./i.tsu.de.su.ka.

登機時間是什麼時候？

Ⓐ 6時です。出発の30分前です。

ro.ku.ji.de.su./shu.ppa.tsu.no./sa.n.ju.ppu.n.ma.e.de.su.

六點鐘，是離境前的三十分鐘。

Ⓑ ありがとうございました。

a.ri.ga.to.u.go.za.i.ma.shi.ta.

多謝了！

●相關例句●

例 何時から搭乗が始まりますか？

na.n.ji.ka.ra./to.u.jo.u.ga./ha.ji.ma.ri.ma.su.ka.

我們什麼時候可以開始登機？

●關鍵單字●

搭乗時間　　　to.u.jo.u.ji.ka.n.　登機時間

track 021

Unit 20 詢問登機地點

・基本句型・

とうじょうぐち
搭乗口はどこですか？

to.u.jo.u.gu.chi.wa/do.ko.de.su.ka.

要在哪裡登機？

・實用會話・

Ⓐ とうじょうぐち
搭乗口はどこですか？

to.u.jo.u.gu.chi.wa/do.ko.de.su.ka.

要在哪裡登機？

Ⓑ とうじょうぐち なんばん
搭乗口は何番ゲートですか？

to.u.jo.u.gu.chi.wa./na.n.ba.n.ge.e.to./de.su.ka.

你的登機門是幾號？

Ⓐ ばん
7番ゲートです。

na.na.ba.n.ge.e.to.de.su.

是七號登機門。

Ⓑ かくにん
7番ゲートですか？ご確認します。あそこです。

na.na.ba.n.ge.e.to./de.su.ka./go.ka.ku.ni.n.shi.ma.su./a.so.ko.de.su.

七號登機門...我看看！在那個地方。

Ⓐ わ
分かりました。ありがとうございました。

wa.ka.ri.ma.shi.ta./a.ri.ga.to.u.go.za.i.ma.shi.ta.

我知道了，非常感謝你。

●相關例句●

例 日本航空の搭乗口はどこですか？

ni.ho.n.ko.u.ku.u.no./to.u.jo.u.gu.chi.wa./do.ko.de.
su.ka.
日本航空的登機門在哪裡？

例 すみません、どこで搭乗しますか？

su.mi.ma.se.n./do.ko.de.to.u.jo.u.shi.ma.su.ka.
請問，我應該到哪裡登機？

例 7番ゲートはこの方向ですか？

na.na.ba.n.ge.e.to.wa./ko.no.ho.u.ko.u.de.su.ka.
七號登機門是往這個方向嗎？

關鍵單字

搭乗口	to.u.jo.u.gu.chi.	登機閘口、登機門
ゲート	ge.e.to.	登機門

track 022

Unit 21 確認登機門號碼

●基本句型●

とうじょうぐち なんばん
搭乗口は何番でしょうか？

to.u.jo.u.gu.chi.wa./na.n.ba.n.de.sho.u.ka.

登機門是幾號？

●實用會話●

Ⓐ 搭乗口は何番でしょうか？

to.u.jo.u.gu.chi.wa./na.n.ba.n.de.sho.u.ka.

登機門是幾號？

とうじょうけん とうじょうぐち ばんごう か
Ⓑ 搭乗券に搭乗口の番号が書いてあります。

to.u.jo.u.ke.n.ni./to.u.jo.u.gu.chi.no./ba.n.go.u.ga./ka.i.te.a.ri.ma.su.

你可以在登機證上找到登機門的號碼。

ほんとう み
Ⓐ 本当ですか？ちょっと見てみます。

ho.n.to.u.de.su.ka./cho.tto.mi.te.mi.ma.su.

真的？我看看。

みぎ わ
Ⓑ 右にあります。分かりますか？

mi.gi.ni.a.ri.ma.su./wa.ka.ri.ma.su.ka.

在右邊。看見了嗎？

Ⓐ はい。見つけました。7番ゲートです。ありがとうございました。

ha.i./mi.tsu.ke.ma.shi.ta./na.na.ba.n.ge.e.to.de.su./a.ri.ga.to.u.go.za.i.ma.shi.ta.

喔，我找到了。登機門號碼是七號。非常感謝你。

Ⓑ どういたしまして。

do.u.i.ta.shi.ma.shi.te.

不客氣。

●相關例句●

例 7番ゲートはどこですか？

na.na.ba.n.ge.e.to.wa./do.ko.de.su.ka.

七號登機門在哪裡？

例 搭乗口を間違えました。

to.u.jo.u.gu.chi.o./ma.chi.ga.e.ma.shi.ta.

我走錯登機門了。

track 023

Unit 22 表明自己要轉機

●基本句型●

ニューヨークまで乗り継ぎです。

nyu.u.yo.o.ku.ma.de./no.ri.tsu.gi.de.su.

我要轉機到紐約。

●實用會話●

A すみません、ニューヨークまで乗り継ぎなのですが。

su.mi.ma.se.n./nyu.u.yo.o.ku.ma.de./no.ri.tsu.gi.na.no.de.su.ga.

請問一下,我要轉機到紐約。

B なにかできることはありますか?

na.ni.ka.de.ki.ru.ko.to.wa./a.ri.ma.su.ka.

需要我幫什麼忙的嗎?

A 日本航空の乗り継ぎカウンターに行きたいのですが。

ni.ho.n.ko.u.ku.u.no./no,ri,tsu.gi.ka.u.n.ta.a.ni./i.ki.ta.i.no.de.su.ga.

我要如何到日本航空的轉機櫃臺?

B そちらにあります。銀行の隣です。

so.chi.ra.ni./a.ri.ma.su./gi.n.ko.u.no.to.na.ri.de.su.

就在那裡,銀行的旁邊。

Ⓐ ありがとうございました。

a.ri.ga.to.u.go.za.i.ma.shi.ta.
非常謝謝你！

●相關例句●

例 私は乗り継ぎの乗客です。

wa.ta.shi.wa./no.ri.tsu.gi.no./jo.u.kya.ku.de.su.
我是轉機乘客。

例 私はAE709便の乗り継ぎ客です。

wa.ta.shi.wa./A.E.na.na.ze.ro.kyu.u.bi.n.no./no.ri.tsu.
gi.kya.ku.de.su.
我是搭乘AE709 航班的轉機乘客。

例 この便の乗り継ぎ客です。

ko.no.bi.n.no.no.ri.tsu.gi.kya.ku.de.su.
我是搭乘這個航班的轉機乘客。

●關鍵單字●

乗客　　　　　jo.u.kya.ku. 乘客

track 024

Unit 23 轉機的相關問題

●基本句型●

ニューヨークまでどうやって乗り継ぎますか？

nyu.u.yo.o.ku.ma.de./do.u.ya.tte.no.ri.tsu.gi.ma.su.ka.

我要如何轉機到紐約？

●實用會話●

Ⓐ なにかお手伝いできることはありますか？

na.ni.ka.o.te.tsu.da.i.de.ki.ru.ko.to.wa./a.ri.ma.su.ka.

有什麼需要我協助的嗎？

Ⓑ ニューヨークまでどうやって乗り継ぎますか？

nyu.u.yo.o.ku.ma.de./do.u.ya.tte.no.ri.tsu.gi.ma.su.ka.

我要如何轉機到紐約？

Ⓐ 乗り継ぎカードを見せてください。

no.ri.tsu.gi.ka.a.do.o./mi.se.te.ku.da.sa.i.

好的！給我看你的轉機證。

Ⓑ はい。こちらです。

ha.i./ko.chi.ra.de.su.

好！在這裡。

Ⓐ 夜7時半です。搭乗口は6番です。

yo.ru.shi.chi.ji.ha.n.de.su./to.u.jo.u.gu.chi.wa.ro.ku.
ba.n.de.su.

晚上七點半，你的登機門是六號。

●相關例句●

例 乗り継ぎ時間はどのくらいですか？

no.ri.tsu.gi.ji.ka.n.wa./do.no.ku.ra.i.de.su.ka

停留的時間會是多長？

例 待合室には免税店はありますか？

ma.chi.a.i.shi.tsu.ni.wa./me.n.ze.i.te.n.wa./a.ri.ma.su.
ka

候機室裡有沒有免税商店？

例 いつここを出ますか？

i.tsu.ko.ko.o./de.ma.su.ka

我們什麼時候要離開這裡？

例 ターミナル4にはどうやって行けますか？

ta.a.mi.na.ru.yo.n.ni.wa./do.u.ya.tte./i.ke.ma.su.ka.

四號航廈要怎麼走？

●關鍵單字●

乗り継ぎカード	no.ri.tsu.gi.ka.a.do.	轉機證
乗り継ぎ時間	no.ri.tsu.gi.ji.ka.n.	轉機時間
待合室	ma.chi.a.i.shi.tsu.	候機室
免税店	me.n.ze.i.te.n.	免税商店
ターミナル	ta.a.mi.na.ru.	航廈

track 025

Unit 24 確認轉機的航班

● 基本句型 ●

AE709 便への乗り継ぎです。
AE na.na.ze.ro.kyu.u.bi.n.e.no./no.ri.tsu.gi.de.su.
我要轉搭 AE709 班機。

● 實用會話 ●

A おはようございます。
o.ha.you.go.za.i.ma.su.
早安。

B おはようございます。AE709 便への乗り継ぎです。
o.ha.you.go.za.i.ma.su./A.E.na.na.ze.ro.kyu.u.bi.n.e.
no./no.ri.tsu.gi.de.su.
早安。我要轉搭 AE709 班機。

A かしこまりました。パスポートとビザをいただけますか？
ka.shi.ko.ma.ri.ma.shi.ta./pa.su.po.o.to.to./bi.za.o./i.
ta.da.ke.ma.su.ka.
好的。請給我你的護照和簽證。

B こちらです。
ko.chi.ra.de.su.
在這裡。

Ⓐ これはお客様の搭乗券です。搭乗時間は 4 時です。

ko.re.wa./o.kya.ku.sa.ma.no.to.u.jo.u.ke.n.de.su./to.u.jo.u.ji.ka.n.wa./yo.ji.de.su.

這是你的登機證，登機時間是四點鐘。

●相關例句●

例 飛行機が遅れたら、乗り継ぎ便に間に合わなくなります。

hi.ko.u.ki.ga./o.ku.re.ta.ra./no.ri.tsu.gi.bi.n.ni./ma.ni.a.wa.na.ku./na.ri.ma.su.

如果班機延遲，我們會錯過我們的轉機。

例 ニューヨークまで乗り継ぎです。

nyu.u.yo.o.ku.ma.de./no.ri.tsu.gi.de.su.

我要繼續飛往到紐約。

track 026

Unit 25 尋找座位

●基本句型●

私の席は 36A です。

wa.ta.shi.no./se.ki.wa./sa.n.ju.u.ro.ku. A.de.su.

我的座位號碼是 36A。

●實用會話●

Ⓐ ご搭乗ありがとうございます。席をお探ししましょうか？

go.to.u.jo.u./a.ri.ga.to.u.go.za.i.ma.su./se.ki.o./o.sa.ga.shi.shi.ma.sho.u.ka.

先生，歡迎搭乘。我來幫忙找你的座位好嗎？

Ⓑ お願いします。席の番号は 36A です。

o.ne.ga.i.shi.ma.su./se.ki.no.ba.n.go.u.wa./sa.n.ju.u.ro.ku. A.de.su.

麻煩你了！我的座位號碼是 36A。

Ⓐ この通路の真ん中あたりの、22 列目になります。

ko.no.tsu.u.ro.no./ma.n.na.ka.a.ta.ri.no./ni.ju.u.ni.re.tsu.me.ni./na.ri.ma.su.

往走道走到中間，第二十二排。

Ⓑ 通路側の席ですか？

tsu.u.ro.ga.wa.no./se.ki.de.su.ka

這是靠走道的座位嗎？

Ⓐ いいえ、窓側の席でございます。

i.i.e./ma.do.ga.wa.no.se.ki.de./go.za.i.ma.su.

不，不是的。是靠窗戶的座位。

Ⓑ ありがとうございました。

a.ri.ga.to.u.go.za.i.ma.shi.ta.

多謝！

●相關例句●

例 すみませんが、私の席はどこでしょうか？

su.mi.ma.se.n.ga./wa.ta.shi.no.se.ki.wa./do.ko.de.sho.u.ka.

請問一下，我的座位在哪裡？

例 どの方向へ行けばいいですか？

do.no.ho.u.ko.u.e./i.ke.ba./i.i.de.su.ka.

我要往哪個方向走？

關鍵單字

真ん中	ma.n.na.ka.	正中央
あたり	a.ta.ri.	附近，左右(表示程度)
～列目	～re.tsu.me.	第～排

track 027

Unit 26 請求協尋座位

●基本句型●

私の席はどちらか教えていただけますか？

wa.ta.shi.no.se.ki.wa./do.chi.ra.ka./o.shi.e.te./i.ta.da.ke.ma.su.ka.

你能告訴我我的座位在哪裏嗎？

●實用會話●

A すみませんが、私の席はどちらか教えていただけますか？

su.mi.ma.se.n.ga./wa.ta.shi.no.se.ki.wa./do.chi.ra.ka./o.shi.e.te./i.ta.da.ke.ma.su.ka.

對不起，能告訴我我的座位在哪裡嗎？

B はい。席の番号は何番ですか？

ha.i./se.ki.no.ba.n.gou.wa./na.n.ba.n.de.su.ka.

當然，你的座位是幾號？

A 36Aです。

sa.n.ju.u.ro.ku. A.de.su.

是36A。

B 分かりました。この通路を下って右側です。
窓側の席になります。

wa.ka.ri.ma.shi.ta./ko.no.tsu.u.ro.o./ku.da.tte./mi.gi.
ga.wa.de.su./ma.do.ga.wa.no.se.ki.ni.na.ri.ma.su.

好的！往走道走下去，在你的右邊。是個靠窗的
位子。

●相關例句●

例 私の席が見つかりません。

wa.ta.shi.no.se.ki.ga./mi.tsu.ka.ri.ma.se.n.

我找不到我的座位。

●關鍵單字●

～を下る　　　　～o.ku.da.ru　沿著～而下

track 028

Unit 27 請求帶位服務

◆基本句型◆

私の席まで連れて行ってもらえませんか？

wa.ta.shi.no.se.ki.ma.de./tsu.re.te./i.tte./mo.ra.e.ma.
se.n.ka.

能請你幫我帶位嗎？

◆實用會話◆

🅰 すみませんが、私の席まで連れて行ってもらえませんか？

su.mi.ma.se.n.ga./wa.ta.shi.no.se.ki.ma.de./tsu.re.te./
i.tte./mo.ra.e.ma.se.n.ka.

抱歉，能請你幫我帶位嗎？

🅑 はい。分かりました。搭乗券を見せていただけますか？

ha.i./wa.ka.ri.ma.shi.ta./to.u.jo.u.ke.n.o./mi.se.te./i.ta.
da.ke.ma.su.ka.

當然好的。請給我看你的登機證。

🅰 こちらです。

ko.chi.ra.de.su.

在這裡。

Ⓑ 拝見します。36Aでしたら、こちらにどうぞ。
通路側の席になります。こちらの男性の方の
隣です。

ha.i.ke.n.shi.ma.su./sa.n.ju.u.ro.ku.A.de.shi.ta.ra./ko.
chi.ra.ni./do.u.zo./tsu.u.ro.ga.wa.no.se.ki.ni./na.ri.ma.
su./ko.chi.ra.no.da.n.se.i.no.ka.ta.no./to.na.ri.de.su.

我看看，36A，這邊請。這是個靠走道的座位。在
這位先生旁邊。

Ⓐ わかりました。ありがとうございます。

wa.ka.ri.ma.shi.ta./a.ri.ga.to.u.go.za.i.ma.su.

我知道了！非常謝謝你。

關鍵單字

連れて行く　　tsu.re.te.i.ku. 帶至某處

Unit 28 質疑對方坐錯座位

●基本句型●

ここは私の席です。

ko.ko.wa./wa.ta.shi.no.se.ki.de.su.

這是我的座位。

●實用會話●

🅐 すみませんが、こちらは36Aですか？

su.mi.ma.se.n.ga./ko.chi.ra.wa.sa.n.ju.u.ro.ku.A./de.su.ka.

抱歉，這是36A嗎？

🅑 36Aですか？いえ、35Aです。

sa.n.ju.u.ro.ku.A.de.su.ka./i.e./sa.n.ju.u.go.A.de.su.

36A？不是的，這是35A。

🅐 間違えて私の席に座られているみたいです。

ma.chi.ga.e.te./wa.ta.shi.no.se.ki.ni./su.wa.ra.re.te.i.ru./mi.ta.i.de.su.

你恐怕是坐了我的座位。

🅑 本当ですか？ちょっと見てみます。ああ、36Aです。ごめんなさい。

ho.n.to.u.de.su.ka./cho.tto.mi.te.mi.ma.su./a.a./sa.n.ju.u.ro.ku.A.de.su./go.me.n.na.sa.i.

真的？我看看，哎呀，這是36A！真是抱歉！

A 大丈夫です。

dai.jo.u.bu.de.su.

沒關係！

●相關例句●

例 すみませんが、間違えて私の席に座られている
みたいです。

su.mi.ma.se.n.ga./ma.chi.ga.e.te./wa.ta.shi.no.se.ki.
ni./su.wa.ra.re.te.i.ru./mi.ta.i.de.su.

抱歉打擾了，你坐了我的座位。

例 誰か私の席に座っているみたいです。

da.re.ka/wa.ta.shi.no.se.ki.ni./su.wa.tte.i.ru./mi.ta.i.
de.su.

有人坐了我的位子。

關鍵單字

ちょっと見てみる　cho.tto.mi.te.mi.ru.　我看看

🔲 **track** 030

Unit 29 要求更換座位

●基本句型●

席を変えていただけますか？
se.ki.o./ka.e.te./i.ta.da.ke.ma.su.ka

我能不能換座位？

●實用會話●

Ⓐ なにかお手伝いできることはありますか？

na.ni.ka./o.te.tsu.da.i.de.ki.ru.ko.to.wa./a.ri.ma.su.ka.

有什麼需要我幫忙的嗎？

Ⓑ はい。席を変えていただけますか？妻の席と
離れています。

ha.i./se.ki.o./ka.e.te./i.ta.da.ke.ma.su.ka/tsu.ma.no.se.
ki.to./ha.na.re.te.i.ma.su.

有的！我能不能換座位？我太太跟我的位子被分
開了。

Ⓐ わかりました。可能かどうか確認させてくださ
い。

wa.ka.ri.ma.shi.ta./ka.no.u.ka./do.u.ka./ka.ku.ni.n./sa.
se.te./ku.da.sa.i.

好的，我看看我能作什麼。

Ⓑ 喫煙席に変えていただけますか？

ki.tsu.e.n.se.ki.ni./ka.e.te./i.ta.da.ke./ma.su.ka.

我們能移到吸煙區嗎？

Ⓐ 分かりました。すぐお二人分の手配をします。

wa.ka.ri.ma.shi.ta./su.gu./o.fu.ta.ri.bu.n.no./te.hai.o.
shi.ma.su.

當然可以。我馬上替二位安排。

相關例句

例 席を変えたいのですが。

se.ki.o./ka.e.ta.i.no.de.su.ga

我想要換座位。

例 席を変わっていただけますか？

se.ki.o./ka.wa.tte./i.ta.da.ke.ma.su.ka.

我可以和你換座位嗎？

例 この席は空いていますか？

ko.no.se.ki.wa./a.i.te.i.ma.su.ka.

這個座位是空的嗎？

例 禁煙席に変えていただけますか？

ki.n.e.n.se.ki.ni./ka.e.te./i.ta.da.ke./ma.su.ka.

我可以移到非吸煙區嗎？

關鍵單字

妻	tsu.ma.	妻子
離れる	ha.na.re.ru.	被迫分開、分離
喫煙席	ki.tsu.e.n.se.ki.	吸煙區
禁煙席	ki.n.e.n.se.ki.	非吸煙區

🔲 track 031

手配 て.はい	te.hai.	安排、安置
席を変えてもらう	se.ki.o./ka.e.te.mo.ra.u. 請你幫我換座位	
席を変わってもらう	se.ki.o./ka.wa.tte.mo.ra.u. 請你和我換座位	
席が空いている	se.ki.ga./a.i.te.i.ru. 座位空著	

Unit 30 要求提供幫助

●基本句型●

中国語の新聞はありますか？
ちゅうごくご　しんぶん

chu.u.go.ku.go.no./shi.n.bu.n.wa./a.ri.ma.su.ka

你們有中文報紙嗎？

●實用會話●

Ⓐ いかがなさいましたか？

i.ka.ga.na.sa.i.ma.shi.ta.ka
需要我幫忙嗎？

Ⓑ はい。中国語の新聞はありますか？
ちゅうごくご　しんぶん

ha.i./chu.u.go.ku.go.no./shi.n.bu.n.wa./a.ri.ma.su.ka
有的！你們有中文報紙嗎？

🅐 はい。あります。

ha.i./a.ri.ma.su.

是的，我們有。

🅑 それと、トランプを一組いただけませんか？

so.re.to./to.ra.n.pu.o./hi.to.ku.mi./i.ta.da.ke.ma.se.n.ka.

那我可以要一副撲克牌嗎？

🅐 大丈夫です。他に必要な物はありませんか？

dai.jo.u.bu.de.su./ho.ka.ni./hi.tsu.yo.u.na.mo.no.wa./a.ri.ma.se.n.ka.

沒問題的，還需要其他東西嗎？

🅑 毛布が1枚ほしいです。

mo.u.fu.ga./i.chi.ma.i./ho.shi.i.de.su.

我想要一條毯子。

● 相關例句 ●

例 イヤホンはありますか？

i.ya.ho.n.wa./a.ri.ma.su.ka.

請問有沒有耳機？

例 中国語ができるキャビンアテンダントはいますか？

chu.u.go.ku.go.ga./de.ki.ru./kya.bi.n.a.te.n.da.n.to.wa./i.ma.su.ka.

請問有沒有會說國語的空服員？

track 032

例 これはどうやって使いますか？

ko.re.wa./do.u.ya.tte.tsu.ka.i.ma.su.ka.

這個要怎麼使用？

例 東京の現地時間を教えていただけますか？

to.u.kyo.u.no./ge.n.chi.ji.ka.no.no./o.shi.e.te./i.ta.da.ke.
ma.su.ka.

你知道東京當地的時間嗎？

例 何か読むものはありますか？

na.ni.ka./yo.mu.mo.no.wa./a.ri.ma.su.ka.

有什麼可以閱讀的嗎？

關鍵單字

新聞	shi.n.bu.n.	報紙
トランプ	to.ra.n.pu.	撲克牌
毛布	mo.u.fu.	毯子
イヤホン	i.ya.ho.n.	耳機
キャビンアテンダント		
	kya.bi.na.te.n.da.n.to.	空服員
現地時間	ge.n.chi.ji.ka.n.	當地時間

Unit 31 提供毯子

● 基本句型 ●

毛布を1枚もらえますか？

mo.u.fu.o./i.chi.ma.i./mo.ra.e.ma.su.ka

我能要一條毯子嗎？

● 實用會話 ●

Ⓐ すみませんが、少し寒いです。毛布を1枚もらえますか？

su.mi.ma.se.n.ga./su.ko.shi.sa.mu.i.de.su./mo.u.fu.o./i.chi.ma.i./mo.ra.e.ma.su.ka.

對不起，我覺得有一些冷，我能要一條毯子嗎？

Ⓑ かしこまりました。枕も必要ですか？

ka.shi.ko.ma.ri.ma.shi.ta./ma.ku.ra.mo./hi.tsu.yo.u.de.su.ka.

好的，枕頭也需要嗎？

Ⓐ はい。それとビールも少しもらえますか？

ha.i./so.re.to./bi.i.ru.mo./su.ko.shi.mo.ra.e.ma.su.ka.

好啊，你能順便也給我一些啤酒嗎？

Ⓑ 承知しました。すぐ持ってまいります。

sho.u.chi.shi.ma.shi.ta./su.gu.mo.tte./ma.i.ri.ma.su.

當然好！我馬上送過來。

track 033

A ありがとうございます。

a.ri.ga.to.u.go.za.i.ma.su.
真的是非常感謝你。

●相關例句●

例 毛布と枕を1個ずつもらえますか？

mo.u.fu.to./ma.ku.ra.o./i.kko.zu.tsu./mo.ra.e.ma.su.ka.
可以給我一張毯子和一個枕頭嗎？

例 これがほしいです。

ko.re.ga./ho.shi.i.de.su.
我需要這個。

關鍵單字

枕	ma.ku.ra. 枕頭
ビール	bi.i.ru. 啤酒
一個ずつ	i.kko.zu.tsu. 各一個

Unit 32 詢問洗手間的方位

●基本句型●

お手洗いはどちらですか？
o.te.a.ra.i.wa./do.chi.ra./de.su.ka.

洗手間在哪個方向？

●實用會話●

Ⓐ すみませんが、お手洗いはどちらですか？

su.mi.ma.se.n.ga./o.te.a.ra.i.wa./do.chi.ra./de.su.ka.

對不起，洗手間在哪個方向？

Ⓑ この通路の後ろの左側です。

ko.no.tsu.u.ro.no./u.shi.ro.no./hi.da.ri.ga.wa./de.su.

就在走道最後面，在左邊！

Ⓐ わかりました。ありがとうございました。

wa.ka.ri.ma.shi.ta./a.ri.ga.to.u.go.za.i.ma.shi.ta.

我了解了，謝謝你。

Ⓑ どういたしまして

do.u.i.ta.shi.ma.shi.te.

不客氣。

Ⓐ お手洗いは空いていますか？

o.te.a.ra.i.wa.a.i.te.i.ma.su.ka.

洗手間現在沒人嗎？

track 034

C いいえ、使用中です。

i.i.e./shi.yo.u.chu.u./de.su.

有人。

●相關例句●

例 お手洗いはどこですか？

o.te.a.ra.i.wa./do.ko./de.su.ka.

洗手間在哪裡？

例 お手洗いは現在使用中ですか？それとも空いて
いますか？

o.te.a.ra.i.wa./ge.n.za.i./shi.yo.u.chu.u./de.su.ka./so.
re.to.mo./a.i.te.i.ma.su.ka.

洗手間現在有人在使用嗎？還是沒有人？

例 すみませんが、お手洗いに行きたいのですが。

su.mi.ma.se.n.ga./o.te.a.ra.i.ni./i.ki.ta.i.no.de.su.ga.

不好意思，我要去洗手間。

關鍵單字

お手洗い	o.te.a.ra.i.	洗手間
空いている	a.i.te.i.ru.	空的、未被佔用的
使用中	shi.yo.u.chu.u.	使用中

Unit 33 要求協助填寫表格

●基本句型●

記入方法を教えていただけますか？
ki.nyu.u.ho.u.ho.u.o./o.shi.e.te./i.ta.da.ke.ma.su.ka.

你能告訴我怎麼填寫嗎？

●實用會話●

Ⓐ 税関申告書はいりますか？

ze.i.ka.n.shi.n.ko.ku.sho.wa./i.ri.ma.su.ka.

你需要海關申報表嗎？

Ⓑ はい。お願いします。

ha.i./o.ne.ga.i.shi.ma.su.

我需要，麻煩你了。

Ⓐ こちらになります。

ko.chi.ra.ni./na.ri.ma.su.

給你、在這裡

Ⓑ 記入方法を教えていただけますか？

ki.nyu.u.ho.u.ho.u.o./o.shi.e.te./i.ta.da.ke.ma.su.ka.

你能告訴我怎麼填寫嗎？

Ⓐ はい。この空欄にお名前を書いてください。

ha.i./ko.no.ku.u.ra.n.ni./o.na.ma.e.o./ka.i.te.ku.da.sa.i.

當然好。在這一空白欄填上你的名字。

track 035

●相關例句●

例 入国カードの書き方を教えていただけますか？

nyu.u.ko.ku.ka.a.do.no./ka.ki.ka.ta.o./o.shi.e.te./i.ta.da.ke.ma.su.ka.

你可以告訴我怎麼填寫入境卡嗎？

例 これはなんでしょうか？

ko.re.wa./na.n.de.sho.u.ka.

這是什麼？

關鍵單字

記入方法	ki.nyu.u.ho.u.ho.u.	填寫方法
税関申告書	ze.i.ka.n.shi.n.ko.ku.sho. 海關申報表	
空欄	ku.u.ra.n.	空白欄
入国カード	nyu.u.ko.ku.ka.a.do.	入境卡
書き方	ka.ki.ka.ta.	填寫方法

Unit 34 放置行李

●基本句型●

この荷物はどこに置けばいいですか？

ko.no.ni.mo.tsu.wa./do.ko.ni./o.ke.ba.i.i.de.su.ka.

我應該把行李放哪裡？

●實用會話●

Ⓐ すみません、この荷物はどこに置けばいいですか？

su.mi.ma.se.n./ko.no.ni.mo.tsu.wa./do.ko.ni./o.ke.ba.i.i.de.su.ka.

請問一下，我應該把行李放哪裡？

Ⓑ 余った荷物は頭上の荷物棚に置けます。

a.ma.tta.ni.mo.tsu.wa./zu.jo.u.no./ni.mo.tsu.da.na.ni./o.ke.ma.su.

你可以把多出來的行李放在上方的行李櫃裡。

Ⓐ ここですか？

ko.ko.de.su.ka.

在這裡嗎？

Ⓑ そうです。手伝いましょう。

so.u.de.su./te.tsu.da.i.ma.sho.u.

是的。我來幫你處理。

track 036

Ⓐ 自分でできます。ありがとうございました。

ji.bu.n.de./de.ki.ma.su./a.ri.ga.to.u.go.za.i.ma.shi.ta.

我可以自己來。謝謝你！

・相關例句・

例 荷物を降ろすのを手伝っていただけませんか？

ni.mo.tsu.o./o.ro.su.no.o./te.tsu.da.tte/i.ta.da.ke.ma.
se.n.ka.

可以幫忙拿我的袋子下來嗎？

例 この荷物を頭上の荷物棚に置いていただけます
か？

ko.no.ni.mo.tsu.o/zu.jo.u.no./ni.mo.tsu.da.na.ni./o.i.
te.i.ta.da.ke.ma.su.ka.

可以幫我把這個行李放在上方的行李櫃裡嗎？

例 荷物を上げるのを手伝ってください。

ni.mo.tsu.o./a.ge.ru.no.o./te.tsu.da.tte./ku.da.sa.i.

請幫忙把我的袋子放上去。

関鍵單字

余った	a.ma.tta.	多出來的
頭上の	zu.jo.u.no.	頭上的
荷物棚	ni.mo.tsu.da.na.	行李櫃
降ろす	o.ro.su.	拿下來
上げる	a.ge.ru.	放上去

Unit 35 打開話匣子

●基本句型●

見覚えがあります。

mi.o.bo.e.ga./a.ri.ma.su.

你看起來很面熟耶！

●實用會話●

Ⓐ すみませんが、ここは私の席です。

su.mi.ma.se.n.ga./ko.ko.wa./wa.ta.shi.no.se.ki.de.su.

抱歉，那是我的位子。

Ⓑ すみません。

su.mi.ma.se.n.

抱歉

Ⓐ 見覚えがあります。リタさんですか？

mi.o.bo.e.ga./a.ri.ma.su./ri.ta.sa.n.de.su.ka.

妳看起來很面熟，妳是瑞塔嗎？

Ⓑ はい、そうです。あなたは？

ha.i./so.u.de.su./a.na.ta.wa.

是的，我就是。你是...？

track 037

Ⓐ チャーリーです。覚えていますか？ 5 年前に一緒に働いていました。

cha.a.ri.i.de.su./o.bo.e.te.i.ma.su.ka./go.ne.n.ma.e.ni./i.ssho.ni./ha.ta.ra.i.te.i/ma.shi.ta.

我是查理。記得我嗎？我們五年前共事過。

- -

Ⓑ チャーリーですか？本当に偶然ですね。

cha.a.ri.i.de.su.ka./ho.n.to.u.ni./gu.u.ze.n.de.su.ne.

查理？真是巧合。

- -

關鍵單字

見覚えがある	mi.o.bo.e.ga.a.ru.	面熟
偶然	gu.u.ze.n.	巧合

Unit 36 自我介紹

●基本句型●

こんにちは。チャーリーです。
ko.n.ni.chi.wa/cha.a.ri.i.de.su.
嗨，我是查理。

●實用會話●

Ⓐ こんにちは、チャーリーです。
ko.n.ni.chi.wa/cha.a.ri.i.de.su.
嗨，我是查理。

Ⓑ リタです。はじめまして、チャーリー。
ri.ta.de.su./ha.ji.me.ma.shi.te./cha.a.ri.i.
我是瑞塔，很高興認識你，查理。

Ⓐ こちらこそ、はじめまして。
ko.chi.ra.ko.so./ha.ji.me.ma.shi.te.
我也很高興認識你。

Ⓑ これは面白い小説ですね。
ko.re.wa./o.mo.shi.ro.i./sho.u.se.tsu./de.su.ne.
這是一本有趣的小說，不是嗎？

Ⓐ そうですね。本当にやめられないです。
so.u.de.su.ne./ho.n.to.u.ni./ya.me.ra.re.na.i./de.su.
是啊，的確。我真的是愛不釋手。

track 038

●相關例句●

例 チャーリーと申します。

　　cha.a.ri.i./to.mo.u.shi.ma.su.
　　我的名字是查理。

- -

例 チャーリーと呼んでください。

　　cha.a.ri.i.to./yo.n.de./ku.da.sa.i.
　　請叫我查理就可以了！

- -

例 こちらは夫のチャーリーです。

　　ko.chi.ra.wa./o.tto.no.cha.a.ri.i./de.su.
　　這是我的先生查理。

關鍵單字

はじめまして	ha.ji.me.ma.shi.te.	初次見面，很高興認識你。
面白い	o.mo.shi.ro.i.	有趣的、好玩的
小説	sho.u.se.tsu	小說
やめられない	ya.me.ra.re.na.i.	愛不釋手、無法停止
申す、呼ぶ	mo.u.su./yo.bu.	叫
夫	o.tto.	先生

Unit 37 結束聊天

●基本句型●

お話できて良かったです。
o.ha.na.shi.de.ki.te./yo.ka.tta.de.su.
很高興和你聊天。

●實用會話●

Ⓐ お話できて良かったです。
o.ha.na.shi.de.ki.te./yo.ka.tta.de.su.
很高興和你聊天。

Ⓑ 私もお話できて良かったです。
wa.ta.shi.mo./o.ha.na.shi.de.ki.te./yo.ka.tta.de.su.
我也很高興和你聊天。

Ⓐ それと電話番号を伺ってもよろしいですか？
so.re.to./de.n.wa.ba.n.go.u.o./u.ka.ga.tte.mo./yo.ro.shi.i./de.su.ka.
對了，你介不介意我問你的電話號碼？

Ⓑ 全然構わないです。私の番号は 86473663 です。
ze.n.ze.n./ka.ma.wa.na.i./de.su./wa.ta.shi.no./ba.n.go.u.wa./ha.chi.ro.ku.yo.n.na.na.sa.n.ro.ku.ro.ku.sa.n.de.su.
一點也不會(介意)。我的電話號碼是 86473663。

track 039

Ⓐ これは私の電話番号です。

ko.re.wa./wa.ta.shi.no./de.n.wa.ba.n.go.u./de.su.

這是我的電話號碼。

Ⓑ これからも連絡取り合いましょう。

ko.re.ka.ra.mo./re.n.ra.ku./to.ri.a.i.ma.sho.u.

讓我們保持聯絡吧！

關鍵單字

伺う	u.ka.ga.u.	詢問
構わない	ka.ma.wa.na.i.	不介意
連絡取り合う	re.n.ra.ku./to.ri.a.u.	保持聯絡

Unit 38 飛機上的餐點

基本句型

何がありますか？

na.ni.ga./a.ri.ma.su.ka.

你們有提供什麼（餐點）？

●實用會話●

Ⓐ 夕食は何にしますか？

yu.u.sho.ku.wa./na.ni.ni./shi.ma.su.ka.

晚餐你想吃什麼？

Ⓑ 何がありますか？

na.ni.ga./a.ri.ma.su.ka.

你們有提供什麼（餐點）？

Ⓐ 鶏肉料理と牛肉料理をご用意できます。

to.ri.ni.ku.ryo.u.ri.to./gyu.u.ni.ku.ryo.u.ri.o./go.yo.u.i.de.ki.ma.su.

我們提供雞肉和牛肉。

Ⓑ 牛肉料理をお願いします。

gyu.u.ni.ku.ryo.u.ri.o./o.ne.ga.i.shi.ma.su.

我要吃牛肉，謝謝。

Ⓐ かしこまりました。はい、どうぞ。

ka.shi.ko.ma.ri.ma.shi.ta./ha.i./do.u.zo.

好的，這是你的餐點。

Ⓑ それとお水をいっぱいもらえますか？

so.re.to./o.mi.zu.o./i.ppa.i./mo.ra.e.ma.su.ka.

我能要一杯水嗎？

●相關例句●

例 食事は何かありますか？

sho.ku.ji.wa./na.ni.ka./a.ri.ma.su.ka.

你們有提供什麼餐點？

track 040

例 牛肉料理はありますか？

gyu.u.ni.ku.ryo.u.ri.wa/a.ri.ma.su.ka.

你們有提供牛肉餐點嗎？

例 ただですか？

ta.da.de.su.ka.

免費的嗎？

例 インスタントラーメンはありますか？

i.n.su.ta.n.to.ra.a.me.n.wa./a.ri.ma.su.ka.

你們有提供泡麵嗎？

例 牛肉料理をください。

gyu.u.ni.ku.ryo.u.ri.o./ku.da.sa.i.

我要牛肉，謝謝！

例 これをください。

ko.re.o./ku.da.sa.i.

我要這個，謝謝！

關鍵單字

夕食	yu.u.sho.ku.	晚餐
食事	sho.ku.ji.	用餐
鶏肉	to.ri.ni.ku.	雞肉
牛肉	gyu.u.ni.ku.	牛肉
ただ	ta.da.	免費
インスタントラーメン		
	i.n.su.ta.n.to.ra.a.me.n.	泡麵

Unit 39 是否有素食餐點

●基本句型●

> ベジタリアン料理はありますか？
>
> be.ji.ta.ri.a.n.ryo.u.ri.wa./a.ri.ma.su.ka.
>
> 你們有提供素食餐點嗎？

●實用會話●

A 晩御飯はいかがですか？牛肉料理と鶏肉料理の
どちらがよろしいですか？

ba.n.go.ha.n.wa./i.ka.ga.de.su.ka./gyu.u.ni.ku.ryo.u.
ri.to./to.ri.ni.ku.ryo.u.ri.no.do.chi.ra.ga./yo.ro.shi.i./
de.su.ka.

你晚餐要吃什麼？牛肉或雞肉？

B ベジタリアン料理はありますか？

be.ji.ta.ri.a.n.ryo.u.ri.wa./a.ri.ma.su.ka.

你們有提供素食餐點嗎？

A ライスと麺があります。どちらになさいます
か？

rai.su.to./me.n.ga./a.ri.ma.su./do.chi.ra.ni.na.sa.i.ma.
su.ka.

我們有飯和麵，你喜歡哪一種？

C 麺をお願いします。

me.n.o./o.ne.ga.i.shi.ma.su.

請給我麵。

track 041

●相關例句●

例 これはベジタリアン料理ですか？

ko.re.wa./be.ji.ta.ri.a.n.ryo.u.ri.de.su.ka.

這是素食餐點嗎？

關鍵單字

ベジタリアン　be.ji.ta.ri.a.n.　素食

Unit 40 飛機上的飲料

●基本句型●

冷たい飲み物はありますか？

tsu.me.ta.i.no.mi.mo.no.wa./a.ri.ma.su.ka.

你們有提供冷飲嗎？

●實用會話●

Ⓐ すみません。喉が少し乾いています。冷たい飲み物はありますか？

su.mi.ma.se.n./no.do.ga./su.ko.shi.ka.wa.i.te.i.ma.su./
tsu.me.ta.i.no.mi.mo.no.wa./a.ri.ma.su.ka.

對不起，我有一點口渴，你們有提供冷飲嗎？

Ⓑ なにを飲みたいですか？

na.ni.o./no.mi.ta.i.de.su.ka.

你想要喝什麼？

Ⓐ オレンジジュースを一杯もらえますか？

o.re.n.ji.ju.u.su.o./i.ppai.mo.ra.e.ma.su.ka.

我能要一杯柳橙汁嗎？

Ⓑ 分かりました。すぐお持ちします。

wa.ka.ri.ma.shi.ta./su.gu.o.mo.chi.shi.ma.su.

好的，我馬上送過來。

track 042

A あなたはコーヒーかお茶，どちらになさいます か？

a.na.ta.wa./ko.o.hi.i.ka.o.cha./do.chi.ra.ni./na.sa.i.ma. su.ka.

先生，你要咖啡或茶嗎？

C コーヒーをください。

ko.o.hi.i.o.ku.da.sa.i.

請給我咖啡。

●相關例句●

例 何か飲み物をいただけますか？

na.ni.ka./no.mi.mo.no.o./i.ta.da.ke.ma.su.ka.

我可以喝一些飲料嗎？

例 もう一杯いただけますか？

mo.u.i.ppai./i.ta.da.ke.ma.su.ka.

我可以再喝一杯嗎？

關鍵單字

喉が乾く	no.do.ga./ka.wa.ku. 口渴
オレンジジュース	o.re.n.ji.ju.u.su. 柳橙汁
コーヒー	ko.o.hi.i. 咖啡
お茶	o.cha. 茶

Unit 41 指定飲料

●基本句型●

レモネードはありますか？

re.mo.ne.e.do.wa./a.ri.ma.su.ka.

你們有檸檬汁嗎？

●實用會話●

Ⓐ なにか飲みたいですか？

na.ni.ka./no.mi.ta.i.de.su.ka.

你想要喝什麼？

Ⓑ レモネードはありますか？

re.mo.ne.e.do.wa./a.ri.ma.su.ka.

你們有檸檬汁嗎？

Ⓐ あいにくありません。アップルジュースでしたらありますが、いかがですか？

a.i.ni.ku.a.ri.ma.se.n./a.ppu.ru.ju.u.su./de.shi.ta.ra./a.ri.ma.su.ga./i.ka.ga.de.su. ka.

很抱歉我們沒有，但是我們有蘋果汁，你想要喝嗎？

Ⓑ そうですね、いいですね。

so.u.de.su.ne./i.i.de.su.ne.

這個嘛...聽起來不錯。

---

track 043

Ⓐ かしこまりました。すぐお持ちします。
ka.shi.ko.ma.ri.ma.shi.ta./su.gu./o.mo.chi.shi.ma.su.
很好，我馬上回來。

●相關例句●

例 お水をいただけますか？
o.mi.zu.o./i.ta.da.ke.ma.su.ka.
可以給我水嗎？

例 もう少しお茶をいただけますか？
mo.u.su.ko.shi./o.cha.o./i.ta.da.ke.ma.su.ka.
請再給我一些茶。

例 もう少しコーヒーをいただけますか？
mo.u.su.ko.shi./ko.o.hi.i.o./i.ta.da.ke.ma.su.ka.
請再給我一些咖啡。

例 ワインが欲しいのですが。
wa.i.n.ga./ho.shi.i.no.de.su.ga.
我想要喝葡萄酒。

例 オレンジジュースはありますか？
o.re.n.ji.ju.u.su.wa./a.ri.ma.su.ka.
你們有柳橙汁嗎？

關鍵單字

レモネード	re.mo.ne.e.do.	檸檬汁
あいにく	a.i.ni.ku.	不巧
アップルジュース	a.ppu.ru.ju.u.su.	蘋果汁
ワイン	wa.i.n.	葡萄酒。

Unit 42 想要嘔吐

●基本句型●

吐き気がします。

ha.ki.ke.ga./shi.ma.su..

我想吐。

●實用會話●

A お客様、大丈夫ですか？顔色が悪いですが。

o.kya.ku.sa.ma./da.i.jo.u.bu.de.su.ka./ka.o.i.ro.ga./wa.ru.i.de.su.ga.

小姐，妳還好吧？妳臉色看起來好蒼白。

B 気分が良くありません。吐き気がします。

ki.bu.n.ga./yo.ku.a.ri.ma.se.n./ha.ki.ke.ga.shi.ma.su.

我覺得不舒服，我想要吐。

（A對空服員C說話）

A この女性は気分が良くありません。エチケット袋はありますか？

ko.no.jo.se.i.wa./ki.bu.n.ga./yo.ku.a.ri.ma.se.n./e.chi.ke.tto.bu.ku.ro.wa./a.ri.ma.su.ka.

這位小姐覺得不舒服。你們有嘔吐袋嗎？

C エチケット袋はこちらです。

e.chi.ke.tto.bu.ku.ro.wa./ko.chi.ra.de.su.

(嘔吐袋)在這裡。

track 044

●相關例句●

例 まだ吐き気がします。

ma.da.ha.ki.ke.ga.shi.ma.su.
我還是很想吐！

關鍵單字

吐き気がする　ha.ki.ke.ga./su.ru.　想吐

顔色が悪い　ka.o.i.ro.ga./wa.ru.i.　臉色蒼白

気分が良くない　ki.bu.n.ga./yo.ku.na.i.　不舒服

エチケット袋　e.chi.ke.tto.bu.ku.ro.　嘔吐袋

Unit 43 覺得不舒服

●基本句型●

飛_ひ行_{こう}機_き酔_よいみたいです。

hi.ko.u.ki.yo.i.mi.ta.i./de.su.

我好像暈機了。

●實用會話●

🅐 大_{たい}丈_{じょう}夫_ぶですか？具_ぐ合_{あい}が悪_{わる}そうです。

dai.jo.u.bu.de.su.ka./gu.a.i.ga./wa.ru.so.u.de.su.

你還好吧？你看起來很糟糕。

🅑 飛_ひ行_{こう}機_き酔_よいみたいです。

hi.ko.u.ki.yo.i.mi.ta.i./de.su.

我好像暈機了。

（A對空服員C說話）

🅐 すみませんが、酔_よい止_どめ薬_{ぐすり}をいただけますか？

su.mi.ma.se.n.ga./yo.i.do.me.gu.su.ri.o./i.ta.da.ke.ma.su.ka.

抱歉，我能要暈機藥嗎？

🅒 はい。どうぞ。

ha.i/do.u.zo.

當然可以！給你。

track 045

🅑 お湯を一杯いただけますか？あまり熱くないほうがいいです。

o.yu.o./i.ppai.i.ta.da.ke.ma.su.ka./a.ma.ri./a.tsu.ku.na.i.ho.u.ga./i.i.de.su.

我可以要一杯熱開水嗎？不要太燙。

●相關例句●

例 頭が痛いです。

a.ta.ma.ga./i.ta.i.de.su.

我頭痛！

例 具合が良くありません。

gu.a.i.ga./yo.ku.a.ri.ma.se.n.

我覺得生病了！

例 だいぶ良くなりました。

da.i.bu.yo.ku.na.ri.ma.shi.ta.

我覺得好多了！

關鍵單字

飛行機酔い	hi.ko.u.ki.yo.i.	暈機
具合が悪い	gu.a.i.ga./wa.ru.i.	生病、不舒服
酔い止め薬	yo.i.do.me.gu.su.ri.	暈機(船、車)藥
お湯	o.yu.	熱開水
頭が痛い	a.ta.ma.ga./i.ta.i.	頭痛

Unit 44 請求提供醫藥服務

●基本句型●

<ruby>藥<rt>くすり</rt></ruby>が<ruby>欲<rt>ほ</rt></ruby>しいのですが。

ku.su.ri.ga./ho.shi.i.no.de.su.ga.

我需要一些藥。

●實用會話●

Ⓐ お<ruby>客様<rt>きゃくさま</rt></ruby>、<ruby>大丈夫<rt>だいじょうぶ</rt></ruby>ですか？

o.kya.ku.sa.ma./dai.jo.u.bu./de.su.ka./

先生，你還好吧？

Ⓑ <ruby>分<rt>わ</rt></ruby>からない。<ruby>頭<rt>あたま</rt></ruby>が<ruby>痛<rt>いた</rt></ruby>いです。

wa.ka.ra.na.i./a.ta.ma.ga./i.ta.i.de.su.

我不知道。我頭痛。

Ⓐ お<ruby>薬<rt>くすり</rt></ruby>がいりますか？

o.ku.su.ri.ga./i.ri.ma.su.ka.

你需要一些藥嗎？

Ⓑ はい。<ruby>薬<rt>くすり</rt></ruby>をお<ruby>願<rt>ねが</rt></ruby>いします。ありがとうございます。

ha.i./ku.su.ri.o./o.ne.ga.i.shi.ma.su./a.ri.ga.to.u.go.za.i.ma.su.

好，請給我一些藥。謝謝你。

track 046

A お薬とお水でございます。

o.ku.su.ri.to./o.mi.zu.de./go.za.i.ma.su.

來，這是藥和一杯水。

B ありがとうございました。だいぶ良くなりました。

a.ri.ga.to.u.go.za.i.ma.shi.ta./da.i.bu.yo.ku.na.ri.ma.shi.ta.

謝謝。它讓我覺得好多了。

●相關例句●

例 酔い止めの薬をください。

yo.i.do.me.no.ku.su.ri.o./ku.da.sai.

請給我一些暈機藥。

Unit **45** 在海關遞交證件

●基本句型●

私のパスポートとビザです。
wa.ta.shi.no./pa.su.po.o.to.to./bi.za.de.su.
這是我的護照和簽證。

●實用會話●

Ⓐ パスポートとビザをご提示ください。

pa.su.po.o.to.to./bi.za.o./go.te.i.ji./ku.da.sa.i.
請出示護照和簽證。

Ⓑ パスポートとビザです。

pa.su.po.o.to.to./bi.za.de.su.
這是我的護照和簽證。

Ⓐ 帰りのチケットを見せていただけますか？

ka.e.ri.no.chi.ke.tto.o./mi.se.te.i.ta.da.ke.ma.su.ka.
我可以看你的回程機票嗎？

Ⓑ はい。こちらです。

ha.i./ko.chi.ra.de.su.
好的。在這裡。

Ⓐ サングラスと帽子を外してください。

sa.n.gu.ra.su.to./bo.u.shi.o./ha.zu.shi.te./ku.da.sa.i.
請將太陽眼鏡和帽子脫下。

track 047

B はい。

ha.i.

好的！

A 今回の訪問の目的は何でしょうか？

ko.n.ka.i.no./ho.u.mo.n.no./mo.ku.te.ki.wa./na.n.de.
sho.u.ka.

你此行的目的是什麼？

關鍵單字

提示する	te.i.ji./su.ru.	出示
サングラス	sa.n.gu.ra.su.	太陽眼鏡
帽子	bo.u.shi.	帽子
外す	ha.zu.su.	脫下（衣服、帽子、眼鏡等）
目的	mo.ku.te.ki.	目的

Unit 46 解釋出國的目的

●基本句型●

観光に来ました。

ka.n.ko.u.ni./ki.ma.shi.ta.

我來這裡觀光。

●實用會話●

Ⓐ 今回の訪問の目的は何でしょうか？

ko.n.ka.i.no./ho.u.mo.n.no./mo.ku.te.ki.wa./na.n.de.sho.u.ka.

你此行的目的為何？

Ⓑ 観光に来ました。

ka.n.ko.u.ni./ki.ma.shi.ta.

我來這裡觀光。

Ⓐ この期間の宿泊先はどこですか？

ko.no.ki.ka.n.no./shu.ku.ha.ku.sa.ki.wa./do.ko.de.su.ka.

這段時間你要在哪裡投宿？

Ⓑ グランドハイアットホテルに泊まる予定です。

gu.ra.n.do.ha.i.a.tto.ho.te.ru.ni./to.ma.ru.yo.te.i./de.su.

我會住在凱悅飯店。

track 048

Ⓐ はい。こちらはあなたのパスポートです。よい
　旅を。

ha.i./ko.chi.ra.wa./a.na.ta.no./pa.su.po.o.to./de.su./yo.
i.ta.bi.o.

好的，這是你的護照。旅途愉快！

●相關例句●

例 友人に会うため。

yu.u.ji.n.ni./a.u.ta.me.

探望朋友！

例 ただの旅行。

ta.da.no.ryo.ko.u.

單純旅遊！

例 出張です。

shu.ccho.u./de.su.

我是來出差的。

例 勉強のためです。

be.n.kyo.u.no./ta.me./de.su.

來唸書的。

例 乗り継ぎのためだけです。

no.ri.tsu.gi.no.ta.me./da.ke.de.su.

我只是過境！

例 乗り継ぎで、今夜ニューヨークに出発します。

no.ri.tsu.gi.de./ko.n.ya./nyu.u.yo.o.ku.ni./shu.ppa.tsu.
shi.ma.su.

我今晚要過境到紐約。

例 ニューヨークまで乗り継ぎです。

nyu.u.yo.o.ku.ma.de./no.ri.tsu.gi.de.su.

我要過境去紐約。

關鍵單字

| 宿泊先 | shu.ku.ha.ku.sa.ki. | 住宿地點 |
| よい旅を | yo.i.ta.bi.o. | 旅途愉快！ |

Unit 47 回答停留時間

基本句型

一週間ちょっとここに滞在する
予定です。

i.sshu.u.ka.n.cho.tto./ko.ko.ni.ta.i.za.i.su.ru./yo.te.i.
de.su.

我會在這裡停留一個多星期。

實用會話

Ⓐ 東京にどのくらい滞在する予定ですか？
to.u.kyo.u.ni./do.no.ku.ra.i./ta.i.za.i.su.ru./yo.te.i.de.
su.ka.

你會在東京停留多久？

track 049

B 一週間ちょっとここに滞在する予定です。

i.sshu.u.ka.n.cho.tto/ko.ko.ni.ta.i.za.i.su.ru./yo.te.i.de.su.

我會在這裡停留一個多星期。

- -

A こちらに親戚かお友達がいますか?

ko.chi.ra.ni./shi.n.se.ki.ka./o.to.mo.da.chi.ga./i.ma.su.ka.

在這裡有親戚或朋友嗎?

- -

B いないです。

i.na.i.de.su.

沒有。

- -

A わかりました。パスポートです。よい旅を。

wa.ka.ri.ma.shi.ta./pa.su.po.o.to.de.su./yo.i.ta.bi.o.

好的,這是你的護照,旅途愉快。

●相關例句●

例 5日間です。

i.tsu.ka.ka.n.de.su.

五天!

例 ここで10日間滞在するつもりです。

ko.ko.de./to.o.ka.ka.n./ta.i.za.i.su.ru./tsu.mo.ri./de.su.

我打算要在這裡待十天。

關鍵單字

親戚	shi.n.se.ki.	親戚
滞在する	ta.i.za.i.su.ru.	停留、旅居

1
1
0

Unit 48 入境時申報物品

●基本句型●

申告するものがありますか？

shi.n.ko.ku.su.ru.mo.no.ga./a.ri.ma.su.ka.

有沒有要申報的物品？

●實用會話●

A パスポートとビザをご提示ください。

pa.su.po.o.to.to./bi.za.o./go.te.i.ji./ku.da.sa.i.

請出示你的護照和簽證。

B こちらです。

ko.chi.ra.de.su.

在這裡。

A 申告するものはありますか？

shi.n.ko.ku.su.ru.mo.no.wa./a.ri.ma.su.ka.

有沒有要申報的物品？

B はい、申告するワインが2本あります。

ha.i./shi.n.ko.ku.su.ru.wa.i.n.ga./ni.ho.n.a.ri.ma.su.

有，我有兩瓶酒要申報。

A この申告書に記入してください。

ko.no.shi.n.ko.ku.sho.ni/ki.nyu.u.shi.te./ku.da.sa.i.

請填申報單。

（B：填完後）

track 050

Ⓐ 全部_ぶで400元_{げん}です。

ze.n.bu.de./yo.n.hya.ku.ge.n.de.su.
這些總共是四百元。

●相關例句●

例 はい、あります。こちらが申告書です。

ha.i./a.ri.ma.su./ko.chi.ra.ga./shi.n.ko.ku.sho.de.su.
有的，我有（要申報）。這是我的申請單。

例 私_{わたし}は煙草_{たばこ}を1カートン持_もっています。

wa.ta.shi.wa./ta.ba.ko.o./wa.n.ka.a.to.n.mo.tte.i.ma.su.
我有一條香菸。

例 申告するものはないです。

shi.n.ko.ku.su.ru./mo.no.wa.na.i.de.su.
我沒有要申報的東西。

關鍵單字

申告	shi.n.ko.ku. (向海關、稅務局)申報 (納稅品、所得稅等)
申告書	shi.n.ko.ku.sho.(納稅品的)申報表
記入する	ki.nyu.u.su.ru. 填寫
本	ho.n. 瓶、一瓶(酒)
煙草	ta.ba.ko. 香菸
カートン	ka.a.to.n. 條、一條(香菸)

Unit 49 在海關檢查行李

●基本句型●

荷物を開けたほうがいいですか？

ni.mo.tsu.o./a.ke.ta.ho.u.ga./i.i.de.su.ka.

需要我打開行李嗎？

●實用會話●

Ⓐ こんにちは。

ko.n.ni.chi.wa.

先生，你好。

Ⓑ 荷物を開けたほうがいいですか？

ni.mo.tsu.o./a.ke.ta.ho.u.ga./i.i.de.su.ka.

需要我打開行李嗎？

Ⓐ はい。お願いします。

ha.i./o.ne.ga.i.shi.ma.su.

是的，麻煩你。

Ⓑ はい。どうぞご覧ください。

ha.i./do.u.zo./go.ra.n.ku.da.sa.i.

好的。請看。

Ⓐ これらはなんでしょうか？

ko.re.ra.wa./na.n.de.sho.u.ka.

這些是什麼？

track 051

B 両親へのお土産です。

ryo.u.shi.n.e.no./o.mi.ya.ge.de.su.

這是給我父母的禮物。

●相關例句●

例 税関検査はどこですか？

ze.i.ka.n.ke.n.sa.wa./do.ko.de.su.ka.

海關檢查站在哪裡？

關鍵單字

両親	ryo.u.shi.n.	父母
お土産	o.mi.ya.ge.	禮物、伴手禮
税関検査	ze.i.ka.n.ke.n.sa.	海關檢查站

Unit 50 解釋行李內的物品

●基本句型●

私物です。
shi.bu.tsu.de.su.
私人物品。

●實用會話●

Ⓐ バックを開けていただけますか？
ba.kku.o./a.ke.te./i.ta.da.ke.ma.su.ka.
請打開你的行李。

Ⓑ 分かりました。どうぞ。
wa.ka.ri.ma.shi.ta./do.u.zo.
好的，請看。

Ⓐ これらの箱は何ですか？
ko.re.ra.no./ha.ko.wa./na.n.de.su.ka.
這些盒子是什麼？

Ⓑ 私の薬です。今回の旅行のために準備した物です。
wa.ta.shi.no./ku.su.ri.de.su./ko.n.ka.i.no.ryo.ko.u.no.ta.me.ni./ju.n.bi.shi.ta.mo.no.de.su.
我的藥。這些藥物是為了這趟旅行而準備的。

Ⓐ これらは何ですか？
ko.re.ra.wa./na.n.de.su.ka.
這些呢？

track 052

B 私物です
shi.bu.tsu.de.su.
私人物品。

●相關例句●

例 これらは家族へのお土産です。

ko.re.ra.wa.ka.zo.ku.e.no./o.mi.ya.ge.de.su.
這些是給我家人的禮物。

例 それらは友達たちへの贈り物です。

so.re.ra.wa./to.mo.da.chi.ta.chi.e.no./o.ku.ri.mo.no.
de.su.
那些是要給我朋友的禮物！

例 それは果物です。

so.re.wa./ku.da.mo.no.de.su.
那是水果！

例 私は免税品を何個か持っています。

wa.ta.shi.wa./me.n.ze.i.hi.n.o./na.n.ko.ka./mo.tte.i.
ma.su.
我有一些免稅商品。

關鍵單字

私物	shi.bu.tsu.　私人物品
家族	ka.zo.ku.　家人
友達	to.mo.da.chi.　朋友
贈り物	o.ku.ri.mo.no.　禮物
免税品	me.n.ze.i.hi.n.　免稅商品

Unit **51** 行李提領

●基本句型●

手荷物受取所はどこですか？
te.ni.mo.tsu.u.ke.to.ri.jo.wa./do.ko.de.su.ka.

哪裡是行李提領區？

●實用會話●

Ⓐ すみません、どこで荷物を受け取れるか教えていただけますか？

su.mi.ma.se.n./do.ko.de./ni.mo.tsu.o./u.ke.to.re.ru.ka./o.shi.e.te./i.ta.da.ke.ma.su.ka.

抱歉，你能告訴我可以在哪裡提領我的行李嗎？

Ⓑ 手荷物受取所で荷物を受け取れます。

te.ni.mo.tsu.u.ke.to.ri.jo.de./ni.mo.tsu.o./u.ke.to.re.ma.su.

你可以在行李提領區找到你的行李。

Ⓐ 手荷物受取所はどこですか？

te.ni.mo.tsu.u.ke.to.ri.jo.wa./do.ko.de.su.ka.

哪裡是行李提領區？

track 053

Ⓑ そちらの標示が見えますか？あの標示に従うと、正面にあります。

so.chi.ra.no./hyo.u.ji.ga./mi.e.ma.su.ka./a.no.hyo.u.ji.ni./shi.ta.ga.u.to./sho.u.men.ni./a.ri.ma.su.

有看到那邊的標誌嗎？跟著標誌走你就會看到在你面前。

- -

Ⓐ 分かりました。ありがとうございます。

wa.ka.ri.ma.shi.ta./a.ri.ga.to.u.go.za.i.ma.su.

我瞭解了，謝謝你。

●相關例句●

例 すみません、手荷物受取所はどこですか？

su.mi.ma.se.n./te.ni.mo.tsu.u.ke.to.ri.jo.wa./do.ko.de.su.ka.

請問一下，哪裡是行李提領區？

- -

例 今、荷物を受け取れますか？

i.ma./ni.mo.tsu.o./u.ke.to.re.ma.su.ka.

我可以現在提領行李嗎？

- -

例 これが私の荷物の引き換えです。

ko.re.ga./wa.ta.shi.no./ni.mo.tsu.no./hi.ki.ka.e.de.su.

這是我的行李標籤。

- -

例 これです。私の荷物が見えました。

ko.re.de.su./wa.ta.shi.no./ni.mo.tsu.ga./mi.e.ma.shi.ta.

這個就是！我看見我的行李了！

關鍵單字

手荷物受取所	te.ni.mo.tsu.u.ke.to.ri.jo.	行李提領區
受け取る	u.ke.to.ru.	領取
標示	hyo.u.ji.	標誌
従う	shi.ta.ga.u.	循著…方向、跟隨

Unit 52 失物招領中心

●基本句型●

遺失物センターはどこですか？

i.shi.tsu.bu.tsu.se.n.ta.a.wa./do.ko.de.su.ka.

失物招領中心在哪裡？

●實用會話●

A 私の荷物は見つかりませんでした。どうすれば いいですか？

wa.ta.shi.no./ni.mo.tsu.wa./mi.tsu.ka.ri.ma.se.n.de.
shi.ta./do.u.su.re.ba.i.i.de.su.ka.

我找不到我的行李。我應該怎麼辦？

track 054

B 遺失物センターに行ってください。

i.shi.tsu.bu.tsu.se.n.ta.a.ni./i.tte.ku.da.sa.i.

你要去失物招領中心。

A 遺失物センターはどこでしょうか？

i.shi.tsu.bu.tsu.se.n.ta.a.wa./do.ko.de.sho.u.ka.

你知道失物招領中心在哪裡嗎？

B 旅客案内センターに行くといいと思います。

ryo.ka.ku.a.n.na.i.se.n.ta.a.ni./i.ku.to./i.i.to./o.mo.i.
ma.su.

你可以去旅客諮詢中心（詢問）。

A 行ってみます。色々、ありがとうございました。

i.tte.mi.ma.su./i.ro.i.ro./a.ri.ga.to.u.go.za.i.ma.shi.ta.

我去看看。謝謝你。

●相關例句●

例 荷物を探すのを手伝ってもらえませんか？

ni.mo.tsu.o./sa.ga.su.no.o./te.tsu.da.tte.mo.ra.e.ma.se.
n.ka.

請幫我尋找我的行李。

例 私の荷物は見つかりませんでした。

wa.ta.shi.no./ni.mo.tsu.wa./mi.tsu.ka.ri.ma.se.n.de.
shi.ta.

我找不到我的行李。

例 私の荷物はまだ出てきていません。

wa.ta.shi.no.ni.mo.tsu.wa./ma.da.de.te.ki.te.i.ma.se.n.

我的行李還沒有出來。

例 これが 私の荷物の引き換えです。ですが、荷物が見つかりません。

ko.re.ga./wa.ta.shi.no.ni.mo.tsu.no./hi.ki.ka.e.de.su./de.su.ga./ni.mo.tsu.ga./mi.tsu.ka.ri.ma.se.n.

這是我的行李標籤，但是我找不到我的行李。

例 私の荷物はいつ頃見つかりそうですか。

wa.ta.shi.no./ni.mo.tsu.wa./i.tsu.go.ro.mi.tsu.ka.ri.so.u.de.su.ka.

你們何時可以找到我的行李？

關鍵單字

見つからない	mi.tsu.ka.ra.na.i. 找不到
遺失物センター	i.shi.tsu.bu.tsu.se.n.ta.a. 失物招領中心
旅客案内センター	ryo.ka.ku.a.n.na.i.se.n.ta.a. 旅客諮詢中心

Unit 53 申報行李遺失

●基本句型●

私の荷物は見つかりませんでした。

wa.ta.shi.no./ni.mo.tsu.wa./mi.tsu.ka.ri.ma.se.n./de.
shi.ta.

我找不到我的行李。

●實用會話●

A 私の荷物は見つかりませんでした。とりあえず、どうすればいいでしょうか？

wa.ta.shi.no./ni.mo.tsu.wa./mi.tsu.ka.ri.ma.se.n./de.
shi.ta./to.ri.a.e.zu./do.u.su.re.ba.i.i.de.sho.u.ka.

我找不到我的行李。我應該先作什麼？

B 荷物の引き換えを見せていただけますか？

ni.mo.tsu.no.hi.ki.ka.e.o./mi.se.te./i.ta.da.ke.ma.su.
ka.

我可以看一下你的行李標籤嗎？

A これです。

ko.re.de.su.

在這裡。

Ⓑ はい、ではこの紛失の申告フォームに記入して ください。

ha.i./de.wa./ko.no.fu.n.shi.tsu.no./shi.n.ko.ku.fo.o.
mu.ni./ki.nyu.u.shi.te.ku.da.sa.i.
好的,請先填這張行李遺失申報單。

Ⓐ これは何の為の書類ですか?

ko.re.wa./na.n.no.ta.me.no.sho.ru.i./de.su.ka.
這表格用途是什麼?

Ⓑ 荷物が見つかったときに、出来るだけ早くあな たに連絡するためです。

ni.mo.tsu.ga./mi.tsu.ka.tta.to.ki.ni./de.ki.ru.da.ke.ha.
ya.ku./a.na.ta.ni./re.n.ra.ku.su.ru.ta.me.de.su.
方便我們找到你的行李時,能儘快通知你。

●相關例句●

例 私の荷物は遅れています。

wa.ta.shi.no./ni.mo.tsu.wa./o.ku.re.te.i.ma.su.
我的行李被耽擱了。

例 私の荷物のうちの1つがまだ来ません。

wa.ta.shi.no./ni.mo.tsu.no.u.chi.no./hi.to.tsu.ga./ma.
da.ki.ma.se.n.
我行李其中一件還沒有出來。

例 私の荷物は紛失してしまったかも知れません。

wa.ta.shi.no./ni.mo.tsu.wa./fu.n.shi.tsu.shi.te./shi.ma.
tta./ka.mo.shi.re.ma.se.n.
我的行李好像遺失了!

track 056

例 到着する時、もし私の荷物は見つからなかった
　 ら、どうすればいいでしょうか？

to.u.cha.ku.su.ru.to.ki./mo.shi.wa.ta.shi.no.ni.mo.tsu.
wa./mi.tsu.ka.ra.na.ka.tta.ra./do.u.su.re.ba./i.i.de.sho.
u.ka.
如果我抵達的時候找不到行李怎麼辦？

關鍵單字

紛失	fu.n.shi.tsu.	遺失
申告フォーム	shi.n.ko.ku.fo.o.mu.	申報單
出来るだけ早く	de.ki.ru.da.ke./ha.ya.ku.	儘快

Unit 54 行李遺失的數量

●基本句型●

たぶん、いくつかの荷物が紛失して
しまったかも知れません。

ta.bu.n./i.ku.tsu.ka.no./ni.mo.tsu.ga./fu.n.shi.tsu.shi.
te./shi.ma.tta.ka.mo.shi.re.ma.se.n.

我們可能遺失幾件行李了！

●實用會話●

Ⓐ すみません、助けてもらえませんか？

su.mi.ma.se.n./ta.su.ke.te./mo.ra.e.ma.se.n.ka.
抱歉，你能幫我一個忙嗎？

Ⓑ はい、どうしましたか？

ha.i./do.u.shi.ma.shi.ta.ka.
好的，我能為你作什麼？

Ⓐ たぶん、いくつかの荷物が紛失してしまったみ
たいなのです。

ta.bu.n./i.ku.tsu.ka.no./ni.mo.tsu.ga./fu.n.shi.tsu.shi.
te./shi.ma.tta./mi.ta.i.na.no.de.su.
我們可能遺失幾件行李了！

Ⓑ いくつの荷物が紛失したのですか？

i.ku.tsu.no.ni.mo.tsu.ga./fu.n.shi.tsu.shi.ta.no.de.su.
ka.
少了幾件行李？

track 057

Ⓐ 2個です。色は赤で、タイヤがついています。

ni.ko.de.su./i.ro.wa.a.ka.de./ta.i.ya.ga./tsu.i.te.i.ma.su.

(總共)有兩件，它們都是紅色有輪子的。

- -

Ⓑ 分かりました。確認してみます。

wa.ka.ri.ma.shi.ta./ka.ku.ni.n./shi.te.mi.ma.su.

好的！我確認看看。

●相關例句●

例 3個のスーツケースを紛失してしまいました。

sa.n.ko.no.su.u.tsu.ke.e.su.o./fu.n.shi.tsu.shi.te./shi.ma.i.ma.shi.ta.

我少了三件行李。

- -

關鍵單字

タイヤがつく	ta.i.ya.ga./tsu.ku.	有輪子的、附輪子的

Unit 55 詢問兌換貨幣處

基本句型

どこでお金の両替が出来ますか？

do.ko.de./o.ka.ne.no./ryo.u.ga.e.ga./de.ki.ma.su.ka..

你能告訴我在哪裡兌換外幣嗎？

實用會話

A なんてことだ。お金の両替を忘れていました。

na.n.te.ko.to.da./o.ka.ne.no./ryo.u.ga.e.o./wa.su.re.te.
i.ma.shi.ta.

喔！糟糕。我忘了兌換錢幣了。

B お気の毒に。早く両替した方がいいですよ。

o.ki.no.do.ku.ni./ha.ya.ku./ryo.u.ga.e.shi.ta.ho.u.ga./
i.i.de.su.yo.

真糟糕，你最好快一點去換。

A どこでお金の両替が出来ますか？

do.ko.de./o.ka.ne.no./ryo.u.ga.e.ga./de.ki.ma.su.ka..

你能告訴我在哪裡兌換外幣嗎？

B 外貨交換所で出来ますよ。

ga.i.ka.ko.u.ka.n.jo.de./de.ki.ma.su.yo.

你可以去外幣兌換處。

A どこにありますか？

do.ko.ni./a.ri.ma.su.ka.

在哪裡？

track 058

Ⓑ あなたの後ろ側です。

a.na.ta.no./u.shi.ro.ga.wa.de.su.

就在你後面。

●相關例句●

例 外貨交換所はどこですか？

ga.i.ka.ko.u.ka.n.jo.wa./do.ko.de.su.ka.

外幣兌換處在哪裡？

例 このあたりに銀行はありますか？

ko.no.a.ta.ri.ni./gi.n.ko.u.wa./a.ri.ma.su.ka.

這附近哪裡有銀行？

例 どこで両替できるかご存じですか？

do.ko.de./ryo.u.ga.e.de.ki.ru.ka./go.zo.n.ji./de.su.ka.

你知道我可以在哪裡換錢嗎？

例 この1000ドル札をくずしたいです。

ko.no.se.n.do.ru.sa.tsu.o./ku.zu.shi.ta.i.de.su.

我要換開這一張一千元。

關鍵單字

両替	ryo.u.ga.e.	兌換(貨幣)
お気の毒	o.ki.no.do.ku.	真糟糕
外貨交換所	ga.i.ka.ko.u.ka.n.jo.	外幣兌換處
札	sa.tsu.	紙鈔
くずす	ku.zu.su.	換開(貨幣)

Unit 56 兌換匯率

●基本句型●

現在の交換レートはいくらですか。
げんざい　こうかん

ge.n.za.i.no./ko.u.ka.n.re.e.to.wa./i.ku.ra.de.su.ka.

現在匯率是多少？

●實用會話●

Ⓐ 何かお手伝いしましょうか？
なに　　てつだ

na.ni.ka.o.te.tsu.da.i.shi.ma.sho.u.ka.

有什麼需要我協助的嗎？

- -

Ⓑ お金を台湾元に両替したいです。
かね　たいわんげん　りょうがえ

o.ka.ne.o./ta.i.wa.n.ge.n.ni./ryo.u.ga.e.shi.ta.i.de.su.

我想要兌換台幣。

- -

Ⓐ あなたが両替したい通貨は何ですか？
りょうがえ　　つうか　なん

a.na.ta.ga./ryo.u.ga.e.shi.ta.i.tsu.uka.wa./na.n.de.su.ka.

你想要用哪一種貨幣兌換？

- -

Ⓑ アメリカドルです。現在の交換レートはいくらですか。
げんざい　こうかん

a.me.ri.ka.do.ru.de.su./ge.n.za.i.no./ko.u.ka.n.re.e.to.wa./i.ku.ra.de.su.ka.

從美金(換成台幣)。現在匯率是多少？

🔲 track 059

Ⓐ 現在のアメリカドルの交換レートは 34. 5 です。

ge.n.za.i.no.a.me.ri.ka.do.ru.no./ko.u.ka.n.re.e.to.wa./
sa.n.ju.u.yo.n.te.n.go.de.su.

現在美金兌換成台幣的匯率是卅四點五。

Ⓑ 分かりました。どうもありがとう。

wa.ka.ri.ma.shi.ta./do.u.mo.a.ri.ga.to.u.

我瞭解了！謝謝你的幫助。

● 相關例句 ●

例 今日の交換レートはいくらですか？

kyo.u.no.ko.u.ka.n.re.e.to.wa./i.ku.ra.de.su.ka.

今天的匯率是多少？

● 關鍵單字 ●

| 交換レート | ko.u.ka.n.re.e.to. 匯率 |
| 通貨 | tsu.u.ka. 貨幣 |

Unit 57 兌換貨幣

●基本句型●

このお金をアメリカドルに両替した
いです。

ko.no.o.ka.ne.o./a.me.ri.ka.do.ru.ni./ryo.u.ga.e.shi.ta.
i.de.su.

我要把這些兌換成美金。

●實用會話●

Ⓐ 何かお手伝いしましょうか？

na.ni.ka.o.te.tsu.da.i.shi.ma.sho.u.ka.
需要我效勞嗎？

Ⓑ このお金をアメリカドルに両替したいです。

ko.no.o.ka.ne.o./a.me.ri.ka.do.ru.ni./ryo.u.ga.e.shi.ta.
i.de.su.
我想要把這些兌換成美金。

Ⓐ はい、まずこの申請書に記入して下さい。

ha.i./ma.zu.ko.no.shi.n.se.i.sho.ni./ki.nyu.u.shi.te.ku.
da.sa.i.
好的，請先填寫這份申請單。

Ⓑ 申請書とお金です。

shi.n.se.i.sho.to./o.ka.ne.de.su.
這是申請單和錢。

track 060

Ⓐ 5000 台湾元をアメリカドルに両替したいのですね。

go.se.n.ta.i.wa.n.gen.o./a.me.ri.ka.do.ru.ni./ryo.u.ga.e.shi.ta.i.no.de.su.ne.

你想要換台幣五千元的美金？

Ⓑ はい。

ha.i.

是的。

Ⓐ 147アメリカドルになります。

hya.ku.yo.n.ju.u.na.na./a.me.ri.ka.do.ru.ni./na.ri.ma.su.

這裡是一百四十七元美金。

● 相關例句 ●

例 100元をくずしてもらえますか？

hya.ku.ge.n.o./ku.zu.shi.te./mo.ra.e.ma.su.ka.

可以把這張一百元換成零錢嗎？

例 細かいお金にくずしてもらえますか？

ko.ma.ka.i.o.ka.ne.ni./ku.zu.shi.te./mo.ra.e.ma.su.ka.

可以換成小鈔嗎？

例 1000元札をくずしてもらえますか？

se.n.ge.n.sa.tsu.o./ku.zu.shi.te./mo.ra.e.ma.su.ka.

可以將這張一千元換成零錢嗎？

❶
❸
❷

●關鍵單字●

記入する <small>きにゅう</small>	ki.nyu.u.su.ru.	填寫
申請書 <small>しんせいしょ</small>	shi.n.se.i.sho.	申請單
細かいお金 <small>こま かね</small>	ko.ma.ka.i.o.ka.ne.	小鈔、零錢

Unit 58 紙鈔兌換成零錢

●基本句型●

この 200 ドルをくずしてもらえますか？

ko.no.ni.hya.ku.do.ru.o./ku.zu.shi.te./mo.ra.e.ma.su.ka.

請將二百元換成零錢。

●實用會話●

Ⓐ すみません、お金を両替したいです。
<small>かね りょうがえ</small>

su.mi.ma.se.n./o.ka.ne.o./ryo.u.ga.e.shi.ta.i.de.su.

抱歉，我要兌換錢幣。

track 061

Ⓑ 分かりました。何を両替したいのですか？

wa.ka.ri.ma.shi.ta./na.ni.o./ryo.u.ga.e.shi.ta.i.no.de.
su.ka.

好的！你要兌換什麼？

Ⓐ この 200 ドルをくずしてもらえますか？

ko.no.ni.hya.ku.do.ru.o./ku.zu.shi.te./mo.ra.e.ma.su.
ka.

請將二百元美金換成零錢。

Ⓑ どのようにくずしますか？

do.no.yo.u.ni./ku.zu.shi.ma.su.ka.

你想怎麼兌換？

**Ⓐ この 200 ドルを、20 ドル札 4 枚、10 ドル札 3
枚、残りをコインでお願いします。**

ko.no.ni.hya.ku.do.ru.o./ni.ju.u.do.ru.sa.tsu./yo.n.ma.
i./ju.u.do.ru.sa.tsu.san.ma.i./no.ko.ri.o./ko.i.n.de./o.
ne.ga.i.shi.ma.su.

我想要將兩百元兌換成四張二十元、三張十元，
剩下的是零錢。

● 相關例句 ●

例 細かいお金を含めてもらえますか？

ko.ma.ka.i.o.ka.ne.o./fu.ku.me.te./mo.ra.e.ma.su.ka.

可以包括一些零錢嗎？

例 このトラベラーズチェックを現金にしてもらえますか？

ko.no.to.ra.be.ra.a.zu.ch.e.kku.o./ge.n.ki.n.ni./shi.te.mo.ra.e.ma.su.ka.

可以兌換旅行支票嗎？

例 この1ドルを細かくくずしてもらえませんか？

ko.no.i.chi.do.ru.o./ko.ma.ka.ku./ku.zu.shi.te.mo.ra.e.ma.se.n.ka.

可以把這一美元換成小鈔嗎？

●關鍵單字●

トラベラーズチェック

to.ra.be.ra.a.zu.ch.e.kku. 旅行支票

含む fu.ku.mu. 包括

報復性**旅遊**
必備的**萬用日語**

track 062

Unit 59 辦理入住手續

●基本句型●

チェックインをお願いします。

che.kku.i.n.o./o.ne.ga.i.shi.ma.su.

我要登記住宿。

●實用會話●

Ⓐ グランドハイアットホテルへようこそ。ご
用件を承ります。

gu.ra.n.do.ha.i.a.tto.ho.te.ru.e./yo.u.ko.so./go.yo.u.
ke.n.o./u.ke.ta.ma.wa.ri.ma.su.

歡迎光臨凱悅飯店。有什麼需要我為你效勞的
嗎？

Ⓑ チェックインをお願いします。

che.kku.i.n.o./o.ne.ga.i.shi.ma.su.

我要辦理住宿登記。

Ⓐ 予約はございますか？

yo.ya.ku.wa./go.za.i.ma.su.ka.

你有預約（訂房）嗎？

Ⓑ はい。チャンドラー・スミスです。

ha.i./cha.n.do.ra.a・su.mi.su.de.su.

有的。我的名字是錢德・史密斯。

❶
❸
❻

Ⓐ スミス様、確認いたします。

su.mi.su.sa.ma./ka.ku.ni.n.i.ta.shi.ma.su.

史密斯先生，讓我為你查一下。

（稍後）

Ⓑ はい。スミス様、こちらがお部屋のキーになります。

ha.i./su.mi.su.sa.ma./ko.chi.ra.ga.o.he.ya.no.ki.i.ni./na.ri.ma.su.

好的，史密斯先生，這是你的房間鑰匙。

● 相關例句 ●

例 チェックインをお願いします。ジャック・スミスと言います。

che.kku.i.n.o./o.ne.ga.i.shi.ma.su./ja.kku.su.mi.su.to./i.i.ma.su.

我要辦理入住手續。我的名字是傑克史密斯。

例 何時にチェックイン出来ますか？

na.n.ji.ni./che.kku.i.n./de.ki.ma.su.ka.

我什麼時候可以辦理入住手續？

例 まだチェックインには早いですか？

ma.da.che.kku.i.n.ni.wa./ha.ya.i.de.su.ka.

現在辦理入住手續會太早嗎？

例 部屋は準備できていますか？早めにチェックイン出来ますか？

he.ya.wa./ju.n.bi.de.ki.te.i.ma.su.ka./ha.ya.me.ni./che.kku.i.n.de.ki.ma.su.ka.

我的房間準備好了嗎？我可以早一點入住嗎？

track 063

Unit ⑥ 預約訂房

● 基本句型 ●

2泊で予約しています。
ni.ha.ku.de./yo.ya.ku.shi.te.i.ma.su.
我已訂了兩晚的住宿。

● 實用會話 ●

Ⓐ チェックインをお願いします。

che.kku.i.n.o./o.ne.ga.i.shi.ma.su.
我要辦理入住手續。

Ⓑ お客様、申し訳ありません。お客様のご予約が見当たらないのですが。

o.kya.ku.sa.ma./mo.u.shi.wa.ke.a.ri.ma.se.n./o.kya.
ku.sa.ma.no./go.yo.ya.ku.ga.mi.a.ta.ra.na.i.no.de.su.
ga.
先生，很抱歉，我找不到你的名字。

Ⓐ ですが、2泊で予約していて、確認票もあります。

de.su.ga./ni.ha.ku.de./yo.ya.ku.shi.te.i.te./ka.ku.ni.n.
hyo.u.mo.a.ri.ma.su.
但是我有預約兩晚的住宿，還有這是我的確認單。

B そうでしたか？もう一度確認します。

so.u.de.shi.ta.ka./mo.u.i.chi.do./ka.ku.ni.n.shi.ma.su.

好的！我再確認一次。

（稍後）

A お客様、お客様のご予約が確認できました。こちらがお客様の156号室のキーになります。

o.kya.ku.sa.ma./o.kya.ku.sa.ma.no.go.yo.ya.ku.ga.k
a.ku.ni.n.de.ki.ma.shi.ta./ko.chi.ra.ga./o.kya.ku.sa.ma.
no./i.chi.go.ro.ku.go.u.shi.tsu.no./ki.i.ni./na.ri.ma.su.

先生，我找到你的名字了。這是156號房的鑰匙。

●相關例句●

例 今日は空港で予約しました。

kyo.u.wa./ku.u.ko.u.de./yo.ya.ku.shi.ma.shi.ta.

我今天在機場有預約訂房。

例 今夜、シングルルームを予約したいのですが。

ko.n.ya./shi.n.gu.ru.ru.u.mu.o./yo.ya.ku.shi.ta.i.no.
de.su.ga.

我要預約今晚的一間單人房。

例 先週の金曜日に台湾で予約しました。

se.n.shu.u.no./ki.n.yo.u.bi.ni./ta.i.wa.n.de./yo.ya.ku./
shi.ma.shi.ta.

我上週五在台灣有預約訂房。

●關鍵單字●

確認票　　　ka.ku.ni.n.hyo.u.　確認單

Unit 61 住宿時間

●基本句型●

ここに2泊する予定です。

ko.ko.ni./ni.ha.ku.su.ru.yo.te.i.de.su.

我計畫要在這裡住兩晚。

●實用會話●

Ⓐ 奥様、何かお手伝いしましょうか?

o.ku.sa.ma./na.ni.ka./o.te.tsu.da.i./shi.ma.sho.u.ka.

這位太太,需要我的協助嗎?

Ⓑ はい、チェックインをお願いします。

ha.i./che.kku.i.n.o./o.ne.ga.i.shi.ma.su

是的,我要登記住宿。

Ⓐ ご予約はございますか?

go.yo.ya.ku.wa./go.za.i.ma.su.ka.

你有預約住宿嗎?

Ⓑ いいえ、していません。

i.i.e./shi.te.i.ma.se.n.

沒有,我沒有。

Ⓐ 分かりました。何泊のご予定ですか?

wa.ka.ri.ma.shi.ta./na.n.pa.ku.no./go.yo.te.i.de.su.ka.

好的,你想要住幾晚?

Ⓑ こちらに2泊する予定です。

ko.chi.ra.ni./ni.ha.ku.su.ru.yo.te.i.de.su.

我計畫要在這裡住兩晚。

Ⓐ お名前をお伺いしてもよろしいでしょうか？

o.na.ma.e.o./o.u.ka.ga.i.shi.te.mo./yo.ro.shi.i.de.sho.u.ka.

請給我你的名字。

●相關例句●

例 4泊するつもりです。

yo.n.pa.ku.su.ru.tsu.mo.ri.de.su.

我要住四晚。

●關鍵單字●

伺う　　　　　　u.ka.ga.u.　問、請教

track 065

Unit 62 增加住宿天數

● 基本句型 ●

あと 2 泊したいです。
a.to.ni.ha.ku.shi.ta.i.de.su.
我想再多住兩晚。

● 實用會話 ●

Ⓐ すみません。
su.mi.ma.se.n.
打擾一下！

Ⓑ はい、いかがされましたでしょうか?
ha.i./i.ka.ga.sa.re.ma.shi.ta./de.sho.u.ka.
是的，有什麼需要我協助的嗎？

Ⓐ 今朝、飛行機を乗り過ごしてしまったので、あと2泊したいのですが。
ke.sa./hi.ko.u.ki.o./no.ri.su.go.shi.te./shi.ma.tta.no.de./a.to.ni.ha.ku.shi.ta.i.no.de.su.ga.
我錯過今早的飛機了，所以我想要再多住兩晚。

Ⓑ お客様、お名前をお伺いしてもよろしいでしょうか?
o.kya.ku.sa.ma./o.na.ma.e.o./o.u.ka.ga.i.shi.te.mo./yo.ro.shi.i./de.sho.u.ka.
先生，請問你的名字？

❶
❹
❷

Ⓐ 618号室のジャック・スミスです。

ro.ku.i.chi.ha.chi.go.u.shi.tsu.no./ja.kku.・su.mi.su.
de.su.

我是618 號房的傑克 史密斯

Ⓑ スミス様、予約記録を変更しました。今週の
金曜日までご宿泊いただけます。

su.mi.su.sa.ma./yo.ya.ku.ki.ro.ku.o./he.n.ko.u.shi.ma.
shi.ta./ko.n.shu.u.no.ki.n.yo.u.bi.ma.de./go.shu.ku.
ha.ku./i.ta.da.ke.ma.su.

史密斯先生,我已經更改你的記錄了,你可以住
到這個星期五。

・ 關鍵單字 ・

| 乗り過ごす | no.ri.su.go.su. | 錯過 |
| 予約記録 | yo.ya.ku.ki.ro.ku. | 預約記錄 |

track 066

Unit 63 退房

●基本句型●

▼

チェックアウト時間は何時ですか？

che.kku.a.u.to.ji.kan.wa./na.n.ji.de.su.ka.

退房時間幾點？

●實用會話●

Ⓐ すみません、チェックアウト時間は何時ですか？

su.mi.ma.se.n./che.kku.a.u.to.ji.kan.wa./na.n.ji.de.su.
ka.

抱歉，退房時間幾點？

Ⓑ 11時半より前でお願いします。

ju.u.i.chi.ji.ha.n.yo.ri.ma.e.de./o.ne.ga.i.shi.ma.su.

十一點三十分之前。

Ⓐ そうですか。間に合わなかったらどうなりますか？遅れるかも知れません。

so.u.de.su.ka./ma.ni.a.wa.na.ka.tta.ra./do.u.na.ri.ma.
su.ka./o.ku.re.ru.ka.mo.shi.re. ma.se.n.

我瞭解了。萬一我到時來不及怎麼辦？我擔心我會遲到。

Ⓑ チェックアウトの時間を教えてもらえれば、大丈夫です。

che.kku.a.u.to.no.ji.ka.n.o./o.shi.e.te.mo.ra.e.re.ba./da.i.jo.u.bu.de.su.

不用擔心。只要讓我們知道你什麼時候要退房。

Ⓐ 本当にありがとうございます。

ho.n.to.u.ni./a.ri.ga.to.u.go.za.i.ma.su.

我真的很感謝。

Ⓑ どういたしまして。

do.u.i.ta.shi.ma.shi.te.

不客氣。

●相關例句●

例 チェックアウトをお願いします。

che.kku.a.u.to.o./o.ne.ga.i.shi.ma.su.

麻煩你，我要退房。

例 今、チェックアウトできますか？

i.ma./che.kku.a.u.to./de.ki.ma.su.ka.

我可以現在退房嗎？

●關鍵單字●

間に合わない	ma.ni.a.wa.na.i.	來不及
遅れる	o.ku.re.ru.	遲到、晚到

Unit 64 訂單人床的房間

●基本句型●

一人部屋（ひとりべや）をお願（ねが）いします。
hi.to.ri.be.ya.o./o.ne.ga.i.shi.ma.su.
我要一間單人房。

●實用會話●

A いかがされましたでしょうか？
i.ka.ga.sa.re.ma.shi.ta./de.sho.u.ka.
需要我的協助嗎？

B はい、一人部屋（ひとりべや）をお願（ねが）いします。
ha.i./hi.to.ri.be.ya.o./o.ne.ga.i.shi.ma.su.
是的，我要一個單人房。

A お名前（なまえ）をお伺（うかが）いしてもよろしいでしょうか？
o.na.ma.e.o./o.u.ka.ga.i.shi.te.mo./yo.ro.shi.i./de.sho.u.ka.
請給我你的名字。

B チャーリー・ベイカーと言（い）います
cha.a.ri.i.be.i.ka.a.to./i.i.ma.su.
我的名字是查理・貝克

A はい、ベイカー様、こちらが 245 号室のキーに
なります。

ha.i./be.i.ka.a.sa.ma./ko.chi.ra.ga./ni.yo.n.go.go.u.
shi.tsu.no.ki.i.ni./na.ri.ma.su.
好的，貝克先生，這是你245 號房的鑰匙。

B ありがとうございます。

a.ri.ga.to.u.go.za.i.ma.su.
謝謝你。

●相關例句●

例 一人部屋はありますか？

hi.to.ri.be.ya.wa./a.ri.ma.su.ka.
你們有單人房嗎？

必備的萬用日語 ✈

track 068

Unit 65 訂雙人房

基本句型

二人部屋 (ふたりべや) をお願 (ねが) いします。

fu.ta.ri.be.ya.o./o.ne.ga.i.shi.ma.su.

我們要雙人房。

實用會話

Ⓐ シェラトンホテルへようこそ。いかがいたしましょうか？

she.ra.to.n.ho.te.ru.e./yo.u.ko.so./i.ka.ga.i.ta.shi.ma.sho.u.ka.

歡迎光臨喜來登飯店。我能為你服務嗎？

Ⓑ チェックインをお願 (ねが) いします。

che.kku.i.n.o./o.ne.ga.i.shi.ma.su.

我們要登記住宿。

Ⓐ 二人部屋 (ふたりべや) と一人部屋 (ひとりべや)、2 つのどちらがよろしいですか？

fu.ta.ri.be.ya.to./hi.to.ri.be.ya./fu.ta.tsu.no./do.chi.ra.ga./yo.ro.shi.i.de.su.ka.

你要雙人房還是二間單人房？

Ⓑ 二人部屋 (ふたりべや) をお願 (ねが) いします

fu.ta.ri.be.ya.o./o.ne.ga.i.shi.ma.su.

我們要雙人的房間。

148

A 分かりました。ツインルームはいかがですか？

wa.ka.ri.ma.shi.ta./tsu.i.n.ru.u.mu.wa./i.ka.ga.de.su.
ka.

好的，兩張分開的單人床房間可以嗎？

B それで結構です。

so.re.de./ke.kkou.de.su.

很好。

●相關例句●

例 ツインルームでお願いします。

tsu.i.n.ru.u.mu.de./o.ne.ga.i.shi.ma.su.

我要一間有兩張床的雙人房間。

例 ダブルルームをお願いします。

da.bu.ru.ru.u.mu.o./o.ne.ga.i.shi.ma.su.

請給我雙人房。

●關鍵單字●

一人部屋	hi.to.ri.be.ya. 單人房
二人部屋	fu.ta.ri.be.ya. 雙人房
ツインルーム	tsu.i.n.ru.u.mu. 兩張單人床的雙人房
ダブルルーム	da.bu.ru.ru.u.mu. 一張雙人床的雙人房

track 069

Unit 66 早上叫醒服務

基本句型

朝 8 時にモーニングコールをお願いします。

a.sa.ha.chi.ji.ni./mo.o.ni.n.gu.ko.o.ru.o./o.ne.ga.i.shi.ma.su.

我要設定早上八點鐘電話叫醒。

實用會話

A 明日、モーニングコールをお願いできますか？

a.shi.ta./mo.o.ni.n.gu.ko.o.ru.o./o.ne.ga.i.de.ki.ma.su.ka.

我能設定明天早上叫醒的服務嗎？

B はい。何時がよろしいですか？

ha.i./na.n.ji.ga.yo.ro.shi.i.de.su.ka.

當然可以。你想要什麼時間（叫醒）？

A 朝8時にモーニングコールをお願いします。

a.sa.ha.chi.ji.ni./mo.o.ni.n.gu.ko.o.ru.o./o.ne.ga.i.shi.ma.su.

我要設定早上八點鐘電話叫醒。

B 朝8時ですね。はい、明日の朝8時にお電話します。

a.sa.ha.chi.ji.de.su.ne./ha.i./a.shi.ta.no.a.sa.ha.chi.ji.
ni./o.de.n.wa.shi.ma.su.

早上八點鐘。好的,我們會在明天八點鐘打電話給你。

- -

A それと、モーニングコールは毎朝お願いします。

so.re.to./mo.o.ni.n.gu.ko.o.ru.wa./ma.i.a.sa./o.ne.ga.i.
shi.ma.su.

對了,我每一天都要早上叫醒的服務。

- -

B 問題ありません、お客様。

mo.n.da.i.a.ri.ma.se.n./o.kya.ku.sa.ma.
沒問題的,先生。

- -

•關鍵單字•

モーニングコール mo.o.ni.n.gu.ko.o.ru. 叫起床的電話

track 070

Unit 67 要求多加一張床

基本句型

243号室に追加のベッドをお願いします。

ni.yo.n.sa.n.go.u.shi.tsu.ni./tsu.i.ka.no.be.ddo.o./o.ne.ga.i.shi.ma.su.

我要在 243 房多加一張床。

實用會話

Ⓐ カスタマーサービスセンターです。いかがされましたでしょうか？

ka.su.ta.ma.a.sa.a.bi.su.se.n.ta.a.de.su./i.ka.ga.sa.re.ma.shi.ta./de.sho.u.ka.

客戶服務中心，你好。需要我的協助嗎？

Ⓑ はい、243号室に追加のベッドをお願いします。

ha.i./ni.yo.n.sa.n.go.u.shi.tsu.ni./tsu.i.ka.no.be.ddo.o./o.ne.ga.i.shi.ma.su.

是的，我要在 243 房多加一張床。

Ⓐ かしこまりました。すぐ手配いたします。

ka.shi.ko.ma.ri.ma.shi.ta./su.gu.te.ha.i.i.ta.shi.ma.su.

好的，先生。我們會盡快為你安排。

Ⓑ 料金はいくらでしょうか？

ryo.u.ki.n.wa./i.ku.ra.de.sho.u.ka.

這要收多少錢？

Ⓐ 追加のベッド1台ごとに800元です。チェック
アウト時にご請求させていただきます。

tsu.i.ka.no.be.ddo.i.chi.da.i.go.to.ni./ha.ppya.ku.ge.n.
de.su./che.kku.a.u.to.ji.ni./go.se.i.kyu.u./sa.se.te./i.ta.
da.ki.ma.su.

每加一張床要台幣八百元。我們會在你退房時收
費。

Ⓑ 分かりました。ありがとうございます。

wa.ka.ri.ma.shi.ta./a.ri.ga.to.u.go.za.i.ma.su.

很好！謝謝你。

●相關例句●

例 追加のベッドを入れてもらえますか？

tsu.i.ka.no.be.ddo.o./i.re.te.mo.ra.e.ma.su.ka.

可以加一張床嗎？

●關鍵單字●

追加のベッド　　tsu.i.ka.no.be.ddo. 加床

カスタマーサービスセンター
　　　　　　　　ka.su.ta.ma.a.sa.a.bi.su.se.n.ta.a.
　　　　　　　　客戶服務中心

料金　　　　　　ryo.u.ki.n. 費用

請求　　　　　　se.i.kyu.u. 收費

track 071

Unit 68 送餐食到房間

基本句型

ルームサービスを注文したいのですが。

ru.u.mu.sa.a.bi.su.o./chu.u.mo.n.shi.ta.i.no.de.su.ga.

我要客房餐飲服務。

實用會話

Ⓐ カスタマーサービスセンターです。いかがされましたでしょうか？

ka.su.ta.ma.a.sa.a.bi.su.se.n.ta.a.de.su./i.ka.ga.sa.re.ma.shi.ta./de.sho.u.ka.

客戶服務中心，你好，需要我的協助嗎？

Ⓑ ルームサービスを注文したいのですが。

ru.u.mu.sa.a.bi.su.o./chu.u.mo.n.shi.ta.i.no.de.su.ga.

我要客房餐飲服務。

Ⓐ 何をご注文されますか？

na.ni.o./go.chu.u.mo.n./sa.re.ma.su.ka.

你想要點什麼？

Ⓑ シャンパンを1本お願いできますか？

sha.n.pa.n.o./i.ppon./o.ne.ga.i.de.ki.ma.su.ka.

你能帶一瓶香檳給我們嗎？

1
5
4

Ⓐ かしこまりました。シャンパンを１本ですね。他に何かご注文はありますか？

ka.shi.ko.ma.ri.ma.shi.ta./sha.n.pa.n.o./i.ppon.de.su.ne./ho.ka.ni./na.ni.ka.go.chu.u.mo.n.wa./a.ri.ma.su.ka.

好的！一瓶香檳。先生，你還需要其他的餐食嗎？

Ⓑ そうですね。チキンサンドイッチが欲しいです。

so.u.de.su.ne./chi.ki.n.sa.n.do.i.cchi.ga./ho.shi.i.de.su.

我想想，我要一份雞肉三明治。

●相關例句●

例 コーヒーを２杯、持ってきてもらえますか？

ko.o.hi.i.o./ni.h.ai./mo.tte.ki.te.mo.ra.e.ma.su.ka.
請你送兩杯咖啡上來，謝謝！

例 お茶をポットで持ってきてもらえますか？

o.cha.o./po.tto.de./mo.tte.ki.te.mo.ra.e.ma.su.ka.
請帶給我一壺茶。

例 どなた？

do.na.ta.
哪一位？（有人敲門時）

track 072

●關鍵單字●

ルームサービス	ru.u.mu.sa.a.bi.su.	客房服務
注文	chu.u.mo.n.	訂購、選購
シャンパン	sha.n.pa.n.	香檳
他に	ho.ka.ni.	其他
チキンサンドイッチ		
	chi.ki.n.sa.n.do.i.cchi.	雞肉三明治
ポット	po.tto.	壺

Unit 69 供應餐點

●基本句型●

朝食は何時になりますか？
cho.u.sho.ku.wa./na.n.ji.ni./na.ri.ma.su.ka.

早餐什麼時候供應？

●實用會話●

A こちらが部屋のキーと朝食券になります。

ko.chi.ra.ga./he.ya.no.ki.i.to./cho.u.sho.ku.ke.n.ni./na.ri.ma.su.

這是你的鑰匙和早餐券。

B 朝食は何時になりますか？

cho.u.sho.ku.wa./na.n.ji.ni./na.ri.ma.su.ka.

早餐什麼時候供應？

A 朝7時から10時の間になります。

a.sa.shi.chi.ji.ka.ra./ju.u.ji.no.a.i.da.ni./na.ri.ma.su.

在早上七點鐘和十點鐘之間。

B 朝食はどこに行けばいいですか？

cho.u.sho.ku.wa./do.ko.ni./i.ke.ba.i.i.de.su.ka.

我應該去哪裡用餐？

A 2階のサマーレストランになります。

ni.ka.i.no./sa.ma.a.re.su.to.ra.n.ni./na.ri.ma.su.

在二樓的夏季餐廳。

●相關例句●

例 レストランはどこですか？

re.su.to.ra.n.wa./do.ko.de.su.ka.

餐廳在哪裡？

例 まだ食事_{しょくじ}はできますか？

ma.da.sho.ku.ji.wa./de.ki.ma.su.ka.

你們還有供應餐點嗎？

例 朝食券_{ちょうしょくけん}を無_なくしてしまいました。

cho.u.sho.ku.ke.n.o./na.ku.shi.te./shi.ma.i.ma.shi.ta.

我把早餐券弄丟了。

●關鍵單字●

朝食_{ちょうしょく}	cho.u.sho.ku.	早餐
朝食券_{ちょうしょくけん}	cho.u.sho.ku.ke.n.	早餐券

Unit 70 要求櫃台協助

●基本句型●

何かメッセージはありますか？
na.ni.ka./me.sse.e.ji.wa./a.ri.ma.su.ka.

有我的任何留言嗎？

●實用會話●

A おはようございます、ベィカー様。

o.ha.yo.u.go.za.i.ma.su./be.i.ka.a.sa.ma.

早安，貝克先生。

B おはようございます、何かメッセージはありますか？

o.ha.yo.u.go.za.i.ma.su./na.ni.ka./me.sse.e.ji.wa./a.ri.ma.su.ka.

早安。有我的任何留言嗎？

A はい、若い女性から荷物が届きました。

ha.i./wa.ka.i.jo.se.i.ka.ra./ni.mo.tsu.ga./to.do.ki.ma.shi.ta.

有的，一位年輕的女士送來一個包裹。

B 私の妹です。彼女は何か言っていましたか？

wa.ta.shi.no./i.mo.u.to.de.su./ka.no.jo.wa./na.ni.ka.i.tte.i.ma.shi.ta.ka.

那是我的小妹。她有說什麼嗎？

track 074

Ⓐ 彼女はあなたに、忙しくないときに電話してほしいと言いました。

ka.no.jo.wa./a.na.ta.ni./i.so.ga.shi.ku.na.i.to.ki.ni./de.n.wa.shi.te./ho.shi.i.to.i.i.ma.shi.ta.

她請你有空的時候打電話給她。

Ⓑ それだけですか？彼女は私に手紙をくれるはずだと思っていました。

so.re.da.ke.de.su.ka./ka.no.jo.wa./wa.ta.shi.ni./te.ga.mi.o./ku.re.ru.ha.zu.da.to./o.mo.tte.i.ma.shi.ta.

就這樣？我以為她應該會給我一封信。

●相關例句●

例 タクシーを呼んでもらえますか？空港に行きます。

ta.ku.shi.i.o/yo.n.de./mo.ra.e.ma.su.ka./ku.u.ko.u.ni./i.ki.ma.su.

可以幫我叫計程車嗎？我要去機場。

例 どこでインターネットにアクセスできますか？

do.ko.de./i.n.ta.a.ne.tto.ni./a.ku.se.su.de.ki.ma.su.ka.

我可以在哪裡上網？

例 電子メールをチェックしなければなりません。

de.n.shi.me.e.ru.o./che.kku.shi.na.ke.re.ba./na.ri.ma.se.n.

我要收電子郵件。

例 国際電話をかける必要があります。

ko.ku.sa.i.de.n.wa.o./ka.ke.ru.hi.tsu.yo.u.ga./a.ri.ma.su.

我要打國際電話。

例 コレクトコールをかけるにはどうすればいいで
すか？

ko.re.ku.to.ko.o.ru.o./ka.ke.ru.ni.wa./do.u.su.re.ba./i.
i.de.su.ka.

我要怎麼打對方付費電話？

例 どこでファックスを送れますか？

do.ko.de./fa.kku.su.o./o.ku.re.ma.su.ka.

哪裡可以傳真？

例 ここに荷物を預けることはできますか？

ko.ko.ni./ni.mo.tsu.o./a.zu.ke.ru.ko.to.wa./de.ki.ma.
su.ka.

我可以把我的行李放在這裡嗎？

例 荷物を引き取りたいのですが。

ni.mo.tsu.o./hi.ki.to.ri.ta.i.no.de.su.ga.

我要取回我的袋子。

●關鍵單字●

メッセージ	me.sse.e.ji.	訊息、留言
アクセス	a.ku.se.su.	接續
電子メール	de.n.shi.me.e.ru.	電子郵件
コレクトコール	ko.re.ku.to.ko.o.ru.	對方付費電話
ファックス	fa.kku.su.	傳真
預ける	a.zu.ke.ru.	寄放
引き取る	hi.ki.to.ru.	領回

track 075

Unit 71 衣服送洗的服務

基本句型

ランドリーサービスはありますか？

ra.n.do.ri.i.sa.a.bi.su.wa./a.ri.ma.su.ka.

你們有衣物送洗的服務嗎？

實用會話

Ⓐ お客様サービスです。

o.kya.ku.sa.ma./sa.a.bi.su.de.su.

(這裡是)客房服務中心。

Ⓑ こちらにランドリーサービスはありますか？

ko.chi.ra.ni./ra.n.do.ri.i.sa.a.bi.su.wa./a.ri.ma.su.ka.

你們有衣物送洗的服務嗎？

Ⓐ はい、ございます。

ha.i./go.za.i.ma.su.

先生，我們有(這項服務)。

Ⓑ 素晴らしい。こちらは916号室です。

su.ba.ra.shi.i./ko.chi.ra.wa./kyu.u.i.chi.ro.ku./go.u.shi.tsu./de.su.

太好了。這是916號房。

Ⓐ 分かりました。数分以内に伺います。

wa.ka.ri.ma.shi.ta./su.u.fu.n.i.na.i.ni./u.ka.ga.i.ma.su.

好的，我們會在幾分鐘之內去拿。

Ⓑ 電車に乗りますので、早めに手配してもらえますか？

de.n.sha.ni.no.ri.ma.su.no.de./ha.ya.me.ni./te.ha.i.shi.
te.mo.ra.e.ma.su.ka.

我要趕火車。你能快一點嗎？

Ⓐ 問題ありません。すぐ係の者を行かせます。

mo.n.da.i.a.ri.ma.se.n./su.gu.ka.ka.ri.no.mo.no.o./i.
ka.se.ma.su.

先生，沒問題的。我們馬上(派人)去做。

●相關例句●

例 洗濯物があります。

se.n.ta.ku.mo.no.ga./a.ri.ma.su.

我有衣物要送洗。

例 スーツをクリーニングに出したいのですが。

su.u.tsu.o./ku.ri.i.ni.n.gu.ni./da.shi.ta.i.no.de.su.ga.

我有一件西裝要送洗。

例 これらの服をクリーニングに出したいのですが。

ko.re.ra.no./fu.ku.o./ku.ri.i.ni.n.gu.ni./da.shi.ta.i.no.
de.su.ga.

我要送洗這些衣物。

track 076

例 取りに来てもらえますか？

to.ri.ni.ki.te.mo.ra.e.ma.su.ka.
你們可以來收（待洗衣物）嗎？

例 いつ仕上がりですか？

i.tsu.shi.a.ga.ri.de.su.ka.
什麼時候可以洗好？

例 今夜までにシャツを仕上げてもらえますか？

kon.ya.ma.de.ni./sha.tsu.o./shi.a.ge.te./mo.ra.e./ma.su.ka.
今晚之前可以洗好我的襯衫嗎？

●關鍵單字●

ランドリーサービス	ra.n.do.ri.i.sa.a.bi.su.	衣物送洗的服務
クリーニング	ku.ri.i.ni.n.gu.	清洗
洗濯物	se.n.ta.ku.mo.no.	待洗的衣物
仕上がり	shi.a.ga.ri.	洗好
仕上げる	shi.a.ge.ru.	完成

Unit 72 遇到問題

基本句型

こちらのドライヤーが壊れてしまいました。

ko.chi.ra.no./do.ra.i.ya.a.ga./ko.wa.re.te./shi.ma.i.
ma.shi.ta.

我們的吹風機壞了。

實用會話

A お客様サービスです。

o.kya.ku.sa.ma.sa.a.bi.su.de.su.
(這裡是)客房服務中心。

B こちらのドライヤーが壊れてしまいました。

ko.chi.ra.no./do.ra.i.ya.a.ga./ko.wa.re.te./shi.ma.i.ma.
shi.ta.
我們的吹風機壞了。

A どういたしましたか？

do.u.i.ta.shi.ma.shi.ta.ka.
發生什麼問題？

B 分かりません。もう動作しません。

wa.ka.ri.ma.se.n./mo.u.do.u.sa.shi.ma.se.n.
我不知道！就不能動了！

🔲 **track** 077

Ⓐ 承知いたしました。係の者を見に行かせます。

sho.u.chi.i.ta.shi.ma.shi.ta./ka.ka.ri.no.mo.no.o./mi.
ni.i.ka.se.ma.su.

好的。我們會派人過去。

Ⓑ 急いでもらえますか？

i.so.i.de.mo.ra.e.ma.su.ka.

你能快一點嗎？

Ⓐ 5分以内にそちらに到着します。

go.fu.ni.na.i.ni./so.chi.ra.ni./to.u.cha.ku.shi.ma.su.

五分鐘內就會有人過去。

●相關例句●

例 お湯が出ません。

o.yu.ga.de.ma.se.n.

沒有熱水！

例 部屋を変えたいです。

he.ya.o./ka.e.ta.i.de.su.

我想要換房間。

例 部屋の鍵が壊れてしまいました。

he.ya.no.ka.gi.ga./ko.wa.re.te./shi.ma.i./ma.shi.ta.

我房間的鎖壞了！

例 トイレに何か問題があります。

to.i.re.ni./na.ni.ka./mo.n.da.i.ga./a.ri.ma.su.

馬桶有一些問題！

例 自分を閉め出してしまいました。

ji.bu.n.o./shi.me.da.shi.te./shi.ma.i.ma.shi.ta

我把自己反鎖在外了！

例 部屋に鍵を置き忘れてしまいました。

he.ya.ni./ka.gi.o./o.ki.wa.su.re.te./shi.ma.i.ma.shi.ta.

我把鑰匙忘在房間裡了。

例 部屋にタオルが見つかりません。

he.ya.ni./ta.o.ru.ga./mi.tsu.ka.ri.ma.se.n.

我的房間裡沒有毛巾！

例 シャワー室に問題があるようです。

sha.wa.a.shi.tsu.ni./mo.n.da.i.ga./a.ru.yo.u.de.su.

淋浴間好像有一點問題。

例 誰か見に来てもらえますか？

da.re.ka./mi.ni./ki.te./mo.ra.e.ma.su.ka.

可以請你派個人上來瞧一瞧嗎？

例 これはあなたの（チップ）です。

ko.re.wa./a.na.ta.no. （chi.ppu.） de.su.

這是給你的（小費）。

●關鍵單字●

急ぐ	i.so.gu.	加快
壊れる	ko.wa.re.ru.	壞了
～を閉め出す	～o.shi.me.da.su.	把～關在門外
～に置き忘れる	～ni.o.ki.wa.su.re.ru.	擱在～忘記帶回
チップ	chi.ppu.	小費

track 078

Unit 73 住宿費用

基本句型

1泊いくらですか？

i.ppa.ku.i.ku.ra.de.su.ka.

住宿 一晚要多少錢？

實用會話

Ⓐ ダブルルームをお願いします。

da.bu.ru.ru.u.mu.o./o.ne.ga.i.shi.ma.su.

我們要一間雙人房。

Ⓑ かしこまりました。プールに面したお部屋はいかがですか？

ka.shi.ko.ma.ri.ma.shi.ta./pu.u.ru.ni./me.n.shi.ta.o.he.ya.wa./i.ka.ga.de.su.ka.

好的。你覺得房間面對游泳池如何？

Ⓐ いいですね。1泊いくらですか？

i.i.de.su.ne./i.ppa.ku.i.ku.ra.de.su.ka.

很好。(住宿)一晚要多少錢？

Ⓑ 1泊3500元になります・

i.ppa.ku.sa.n.ze.n.go.hya.ku.ge.n.ni./na.ri.ma.su.

(住宿)一晚要三千五百元。

Ⓐ もう少し安い部屋はありますか？

mo.u.su.ko.shi.ya.su.i.he.ya.wa./a.ri.ma.su.ka.
你們有便宜一點的房間嗎？

Ⓑ ございます。

go.za.i.ma.su.
當然有。

・相關例句・

例 その部屋はいくらですか？

so.no.he.ya.wa./i.ku.ra.de.su.ka.
這房間房價是多少？

例 いくらくらいになりますか？

i.ku.ra./ku.ra.i.ni./na.ri.ma.su.ka.
大概多少錢？

例 ダブルルームはいくらですか？

da.bu.ru.ru.u.mu.wa./i.ku.ra.de.su.ka.
雙人房的房價是多少？

・關鍵單字・

| プール | pu.u.ru. | 游泳池 |
| 面する | me.n.su.ru. | 面對 |

track 079

Unit 74 其他額外的費用

●基本句型●

私の部屋に費用をつけてください。

wa.ta.shi.no.he.ya.ni./hi.yo.u.o./tsu.ke.te./ku.da.sa.i.

請將帳算在我的房間（費用）上。

●實用會話●

A いかがされましたでしょうか？

i.ka.ga.sa.re.ma.shi.ta./de.sho.u.ka.

需要我效勞嗎？

B はい、シャンパンを一本下さい。

ha.i./sha.n.pa.n.o./i.ppo.n.ku.da.sa.i.

是的，我要一瓶香檳。

A 分かりました。他に何かありますか？

wa.ka.ri.ma.shi.ta./ho.ka.ni./na.ni.ka./a.ri.ma.su.ka.

好的。先生，還需要其他東西嗎？

B そうですね…。いいえ、それだけです。

so.u.de.su.ne.../i.i.e./so.re.da.ke.de.su.

我想想...，沒有，就這樣。

A お支払いはどうされますか？

o.shi.ha.ra.i.wa.do.u.sa.re.ma.su.ka.

先生，你要怎麼付錢呢？

Ⓑ 私の部屋に費用をつけてください。714 号室です。

wa.ta.shi.no.he.ya.ni./hi.yo.u.o./tsu.ke.te./ku.da.sa.i./na.na.i.chi.yo.n.go.u.shi.tsu.de.su.

請將帳算在我的房間（費用）上，房間號碼是七一四。

・相關例句・

例 宿泊料金には朝食が含まれていますか？

shu.ku.ha.ku.ryo.u.ki.n.ni.wa./cho.u.sho.ku.ga./fu.ku.ma.re.te.i.ma.su.ka.

住宿費有包括早餐嗎？

例 サービス料と税金は含まれていますか？

sa.a.bi.su.ryo.u.to.ze.i.ki.n.wa.fu.ku.ma.re.te.i.ma.su.ka.

是否有包括服務費和稅金？

例 追加料金はありますか？

tsu.i.ka.ryo.u.ki.n.wa./a.ri.ma.su.ka.

是否有其他附加費用？

例 請求書に何か問題があると思います。

se.i.kyu.u.sho.ni./na.ni.ka./mo.n.da.i.ga.a.ru.to./o.mo.i.ma.su.

這個帳單可能有點問題。

例 これらの料金は何ですか？

ko.re.ra.no./ryo.u.ki.n.wa./na.n.de.su.ka.

這些是什麼費用？

track 080

例 私はこれらの電話をかけていません。

wa.ta.shi.wa./ko.re.ra.no./de.n.wa.o./ka.ke.te.i.ma.se.n.

我沒有打這些電話。

例 私には何も関係ありませんでした。

wa.ta.shi.ni.wa./na.ni.mo./ka.n.ke.i.a.ri.ma.se.n.de.shi.ta.

這和我沒有關係。

•關鍵單字•

～に費用をつける	ni./hi.yo.u.o./tsu.ke.ru.	將帳算在～上
支払い	shi.ha.ra.i.	付錢
宿泊料金	shu.ku.ha.ku.ryo.u.ki.n.	住宿費
サービス料	sa.a.bi.su.ryo.u.	服務費
税金	ze.i.ki.n.	稅金
追加料金	tsu.i.ka.ryo.u.ki.n.	附加費用
請求書	se.i.kyu.u.sho.	帳單

Unit 75 肚子餓

●基本句型●

とてもお腹が空いています。

to.te.mo.o.na.ka.ga./su.i.te.i.ma.su.

我好餓！

●實用會話●

🅐 とてもお腹が空いています。

to.te.mo.o.na.ka.ga./su.i.te.i.ma.su.
我好餓！

🅑 夕食の時間です。

yu.u.sho.ku.no./ji.ka.n.de.su.
晚餐時間到了。

🅐 ちょっと休憩して、おいしいレストランを探しませんか？

cho.tto./kyu.u.ke.i.shi.te./o.i.shi.i.re.su.to.ra.n.o./sa.ga.shi.ma.se.n.ka.
我們能不能休息一下然後找一間好的餐廳？

🅑 でも、私はお腹が空いていません。

de.mo./wa.ta.shi.wa./o.na.ka.ga./su.i.te.i.ma.se.n.
可是我不餓啊！

track 081

Ⓐ お腹が空いていないのですか？あなたは朝から何も食べていないでしょう。

o.na.ka.ga./su.i.te.i.na.i.no.de.su.ka./a.na.ta.wa./a.sa.ka.ra./na.ni.mo.ta.be.te.i.na.i. de.sho.u.

你不會餓？你從今天早上起就沒吃任何東西了。

Ⓑ 私はダイエット中なのです。

wa.ta.shi.wa./da.i.e.tto.chu.u.na.no.de.su.

我在減肥。

●相關例句●

例 それほどお腹が空いていません。

so.re.ho.do./o.na.ka.ga./su.i.te.i.ma.se.n.

我不是很餓！

例 お腹が空いていますか？

o.na.ka.ga./su.i.te.i.ma.su.ka.

你餓了嗎？

例 何を食べたいですか？

na.ni.o./ta.be.ta.i.de.su.ka.

你想吃什麼？

例 何か食べましょう。

na.ni.ka./ta.be.ma.sho.u.

我們隨便找點東西吃吧！

●關鍵單字●

お腹が空いている	o.na.ka.ga./su.i.te.i.ru.	餓
休憩する	kyu.u.ke.i.su.ru.	短暫休息、休憩片刻
ダイエット中	da.i.e.tto.chu.u.	在減肥中、在節食中
それほど～ない	so.re.ho.do.～na.i.	不那麼～不怎麼～

Unit 76 餐點的種類

●基本句型●

ハンバーガーを食べたいです。

ha.n.ba.a.ga.a.o./ta.be.ta.i.de.su.

我想吃漢堡。

●實用會話●

Ⓐ 何か食べたいものはありますか？

na.ni.ka./ta.be.ta.i.mo.no.wa./a.ri.ma.su.ka.

你想吃什麼？

track 082

Ⓑ 私はハンバーガーを食べたいです。

wa.ta.shi.wa/ha.n.ba.a.ga.a.o/ta.be.ta.i.de.su.

我想吃漢堡。

Ⓐ マクドナルドはどうですか？

ma.ku.do.na.ru.do.wa./do.u.de.su.ka.

麥當勞怎麼樣？

Ⓑ 私はマクドナルドが嫌いです。ねえ、通りの
向こうにケンタッキーフライドチキンがありま
すよ。

wa.ta.shi.wa./ma.ku.do.na.ru.do.ga./ki.ra.i.de.su./ne.
e./to.o.ri.no.mu.ko.u.ni./ke.n.ta.kki.i.fu.ra.i.do.chi.ki.
n.ga./a.ri.ma.su.yo.

我討厭麥當勞。對了，對街道有一家肯德基。

Ⓐ あそこに行きましょう。

a.so.ko.ni./i.ki.ma.sho.u.

走吧！我們去那裡。

● 相關例句 ●

例 夕食にサンドイッチを食べましょう。

yu.u.sho.ku.ni./sa.n.do.i.cchi.o./ta.be.ma.sho.u.

我們晚餐就吃三明治吧！

例 フライドチキンを食べたいです。

fu.ra.i.do.chi.ki.n.o./ta.be.ta.i./de.su.

我想要吃炸雞。

例 日本料理はいかがですか？

ni.ho.n.ryo.u.ri.wa./i.ka.ga.de.su.ka.

要不要吃日本料理？

例 朝食にトーストとベーコンとオムレツを食べます。

cho.u.sho.ku.ni./to.o.su.to.to./be.e.ko.n.to./o.mu.re.tsu.o./ta.be.ma.su.

我要培根、吐司還有歐姆蛋當早餐。

例 これとあれの違いは何ですか？

ko.re.to.a.re.no./chi.ga.i.wa./na.n.de.su.ka.

這個和那個有什麼不同？

●關鍵單字●

ハンバーガー	ha.n.ba.a.ga.a.	漢堡
マクドナルド	ma.ku.do.na.ru.do.	麥當勞
通りの向こう	to.o.ri.no.mu.ko.u.	對街
ケンタッキーフライドチキン	ke.n.ta.kki.i.fu.ra.i.do.chi.ki.n.	肯德基
トースト	to.o.su.to.	吐司
ベーコン	be.e.ko.n.	培根
オムレツ	o.mu.re.tsu.	歐姆蛋
違い	chi.ga.i.	不同

track 083

Unit 77 詢問想吃什麼

●基本句型●

夕食（ゆうしょく）は何（なに）がいいですか？

yu.u.sho.ku.wa./na.ni.ga.i.i.de.su.ka.

你晚餐想吃什麼？

●實用會話●

Ⓐ 見（み）てください！あのケーキはとても美味（おい）しそうです。

mi.te.ku.da.sa.i./a.no.ke.e.ki.wa./to.te.mo.o.i.shi.so.u.de.su.

你看！那塊蛋糕看起來好好吃。

Ⓑ あなたはものすごくお腹（なか）が空（す）いていますね。

a.na.ta.wa./mo.no.su.go.ku./o.na.ka.ga./su.i.te.i.ma.su.ne.

你已經餓到快不行了，對吧？

Ⓐ はい、もう夕食（ゆうしょく）にしませんか？

ha.i./mo.u.yu.u.sho.ku.ni./shi.ma.se.n.ka.

是啊！我們現在可以吃晚餐了嗎？

Ⓑ 夕食（ゆうしょく）は何（なに）がいいですか？

yu.u.sho.ku.wa./na.ni.ga./i.i.de.su.ka.

你晚餐想吃什麼？

Ⓐ 中国の家庭料理が恋しいですね。

chu.u.go.ku.no./ka.te.i.ryo.u.ri.ga./ko.i.shi.i.de.su.ne.

我想念中式家常菜。

Ⓑ 中華料理？本気ですか？もう飽きていると思ってました。

chu.u.ka.ryo.u.ri./ho.n.ki.de.su.ka./mo.u./a.ki.te.i.ru.
to./o.mo.tte.ma.shi.ta.

中式料理？你確定？我以為你吃膩了。

●相關例句●

例 朝食に何を食べたいですか？

cho.u.sho.ku.ni./na.ni.o./ta.be.ta.i.de.su.ka.

你早餐想吃什麼？

●關鍵單字●

ケーキ	ke.e.ki. 蛋糕
ものすごく	mo.no.su.go.ku. 非常地、極其地
家庭料理	ka.te.i.ryo.u.ri. 家常菜
恋しい	ko.i.shi.i. 想念
本気	ho.n.ki. 認真、不是開玩笑
飽きる	a.ki.ru. (對某事)感到厭煩、厭倦

track 084

Unit 78 邀請朋友一起用餐

●基本句型●

私_{わたし}たちと一緒_{いっしょ}に夕食_{ゆうしょく}を食_たべましょう。

wa.ta.shi.ta.chi.to./i.ssyo.ni./yu.u.sho.ku.o./ta.be.ma.sho.u.

和我們一起吃晚餐吧。

●實用會話●

Ⓐ 本当_{ほんとう}にもう出発_{しゅっぱつ}しなければなりません。

ho.n.to.u.ni./mo.u.shu.ppa.tsu/shi.na.ke.re.ba./na.ri.ma.se.n.

我們真的該走了。

Ⓑ 本当_{ほんとう}ですか。私_{わたし}たちと一緒_{いっしょ}に夕食_{ゆうしょく}を食_たべましょう。

ho.n.to.u.de.su.ka/wa.ta.shi.ta.chi.to./i.ssho.ni./yu.u.sho.ku.o./ta.be.ma.sho.u.

不要這樣嘛！和我們一起吃晚餐吧。

Ⓐ 是非_{ぜひ}、そうしたいと思_{おも}っています。でも、私_{わたし}たちには別_{べつ}の予定_{よてい}がありまして。

ze.hi./so.u.shi.ta.i.to.o.mo.tte.i.ma.su./de.mo./wa.ta.shi.ta.chi.ni.wa./be.tsu.no.yo.te.i.ga./a.ri.ma.shi.te.

我們很想。但是我們有其他計畫。

Ⓑ そうなのですか。残念です。

so.u.na.no.de.su.ka./za.n.ne.n.de.su.

這樣啊……真可惜。

Ⓐ また次回に。

ma.ta.ji.ka.i.ni.

也許下一次。

Ⓑ 金曜日はどうですか?あなたが台湾に戻る前に。

ki.n.yo.u.bi.wa./do.u.de.su.ka./a.na.ta.ga./ta.i.wa.n.ni./mo.do.ru.ma.e.ni.

星期五如何?就在你們回台灣之前。

●相關例句●

例 私たちと一緒にランチを食べませんか?

wa.ta.shi.ta.chi.to./i.ssyo.ni./ra.n.chi.o./ta.be.ma.se.n.ka.

要不要和我們一起吃午餐?

●關鍵單字●

是非	ze.hi. 一定(表示請求/願望)
残念	za.n.ne.n. 可惜
次回	ji.ka.i. 下一次

track 085

Unit 79 預約餐廳的訂位

●基本句型●

2人掛けのテーブルをお願いします。
fu.ta.ri.ga.ke.no./te.e.bu.ru.o./o.ne.ga.i.shi.ma.su.
我要兩個人的位子。

●實用會話●

A フォーシーズンズレストランにようこそ。
fo.o.shi.i.zu.n.zu.re.su.to.ra.n.ni./yo.u.ko.so.
歡迎光臨「四季餐廳」。

B 2人掛けのテーブルをお願いします。
fu.ta.ri.ga.ke.no./te.e.bu.ru.o./o.ne.ga.i.shi.ma.su.
我要兩個人的位子。

A 喫煙と禁煙エリアのどちらが良いですか？
ki.tsu.en.to./ki.n.en.e.ri.a.no.do.chi.ra.ga./yo.i.de.su.ka.
吸煙區或非吸煙區？

B 禁煙エリアをお願いします。
ki.n.en.e.ri.a.o./o.ne.ga.i.shi.ma.su.
麻煩你，非吸煙區。

A 禁煙エリアは20分ほどお待ちいただきます。
ki.n.en.e.ri.a.wa./ni.ju.ppu.n.ho.do./o.ma.chi.i.ta.da.
ki.ma.su.
要非吸煙區的話，你們大概要等廿分鐘。

B 大丈夫です。待てます。

da.i.jo.u.bu.de.su./ma.te.ma.su.

沒關係，我們可以等。

●相關例句●

例 私たちは5人掛けのテーブルを7時で予約しました。

wa.ta.shi.ta.chi.wa./go.ni.n.ga.ke.no./te.e.bu.ru.o./shi.chi.ji.de./yo.ya.ku.shi.ma.shi.ta.

我們預訂了七點鐘五個人的位子。

例 チャーリーといいます。予約しています。

cha.a.ri.i.to./i.i.ma.su./yo.ya.ku.shi.te.i.ma.su.

我的名字是查理。我有訂位。

例 予約してあります。チャーリーと言います。

yo.ya.ku.shi.te.a.ri.ma.su./cha.a.ri.i.to./i.i.ma.su.

我們已經有預約了。我的名字是查理。

例 今夜、予約したいのですが。

ko.n.ya./yo.ya.ku.shi.ta.i.no.de.su.ga.

我想預訂今晚的位子。

●關鍵單字●

～人掛け　　　　～ni.n.ga.ke.　座位坐～人

track 086

Unit 80 確認用餐的人數

●基本句型●

私一人です。
wa.ta.shi./hi.to.ri.de.su.

我一個人。

●實用會話●

Ⓐ 予約はございますか？

yo.ya.ku.wa./go.za.i.ma.su.ka.

你有訂位嗎？

Ⓑ はい、6時で予約してあります。

ha.i./ro.ku.ji.de./yo.ya.ku.shi.te./a.ri.ma.su.

有的，我訂了六點鐘的位子。

Ⓐ 何人になりますか？

na.n.ni.n.ni./na.ri.ma.su.ka.

你要訂幾人(的位子)？

Ⓑ 私一人です。

wa.ta.shi./hi.to.ri./de.su.

我一個人。

Ⓐ こちらにどうぞ。

ko.chi.ra.ni./do.u.zo.

這裡請。

B ありがとう。

a.ri.ga.to.u.
謝謝。

● 相關例句 ●

例 5人掛けのテーブルをお願いします。

go.ni.n.ga.ke.no./te.e.bu.ru.o./o.ne.ga.i.shi.ma.su.
我要五個人的位子。

例 5人でお願いします。

go.ni.n.de/o.ne.ga.i.shi.ma.su.
五個人，謝謝！

---

track 087

Unit 81 詢問餐廳是否客滿

●基本句型●

空いているテーブルはありますか?
a.i.te.i.ru.te.e.bu.ru.wa./a.ri.ma.su.ka.
現在還有空位嗎?

●實用會話●

Ⓐ いかがされましたでしょうか?
i.ka.ga.sa.re.ma.shi.ta./de.sho.u.ka.
需要我效勞嗎?

Ⓑ 空いているテーブルはありますか?
a.i.te.i.ru.te.e.bu.ru.wa./a.ri.ma.su.ka.
現在還有空位嗎?

Ⓐ 何人でしょうか?
nan.ni.n.de.sho.u.ka.
請問有幾個人?

Ⓑ 私たちは4人です。
wa.ta.shi.ta.chi.wa./yo.ni.n.de.su.
我們有四個人。

Ⓐ 申し訳ありませんが、20分ほどお待ちいただきます。
mo.u.shi.wa.ke.a.ri.ma.se.n.ga./ni.ju.ppu.n.ho.do./o.ma.chi.i.ta.da.ki.ma.su.
很抱歉,恐怕要等廿分鐘。

B ありがとう。別のレストランを探してみます。

a.ri.ga.to.u./be.tsu.no.re.su.to.ra.n.no./sa.ga.shi.te.mi.
ma.su.

謝謝你！我們會試另一家餐廳。

● 相關例句 ●

例 予約していません。

yo.ya.ku.shi.te.i.ma.se.n.

我們沒有訂位！

Unit 82 對座位不滿意

● 基本句型 ●

窓側の席をお願いします。

ma.do.ga.wa.no./se.ki.o./o.ne.ga.i.shi.ma.su.

我們想要靠窗的位子。

● 實用會話 ●

A お客様、テーブルの準備が出来ました。こちら
にどうぞ。

o.kya.ku.sa.ma./te.e.bu.ru.no./ju.n.bi.ga./de.ki.ma.
shi.ta./ko.chi.ra.ni./do.u.zo.

先生，你的位子準備好了！請這邊走。

track 088

Ⓑ 分かりました。

wa.ka.ri.ma.shi.ta./
好的。

Ⓐ どうぞおかけください。

do.u.zo./o.ka.ke.ku.da.sa.i.
請坐。

Ⓑ すみませんが、窓側の席をお願いします。

su.mi.ma.se.n.ga./ma.do.ga.wa.no./se.ki.o./o.ne.ga.i.
shi.ma.su.
抱歉，我們想要靠窗的位子。

Ⓐ 申し訳ありません。他の空席はございません。

mo.u.shi.wa.ke.a.ri.ma.se.n./ho.ka.no.ku.u.se.ki.wa./
go.za.i.ma.se.n.
很抱歉，先生。我們沒有其他空位了。

Ⓑ 分かりました。けっこうです。

wa.ka.ri.ma.shi.ta./ke.kko.u.de.su.
好吧，沒有關係。

●相關例句●

例 この席に座っていいですか？

ko.no.se.ki.ni./su.wa.tte.i.i.de.su.ka.
我們可以坐這個位子嗎？

例 静かなテーブルをお願いできますか？

shi.zu.ka.na.te.e.bu.ru.o./o.ne.ga.i.de.ki.ma.su.ka.
我們能不能選安靜的座位？

例 ここはうるさすぎます。

ko.ko.wa./u.ru.sa.su.gi.ma.su.
這裡太吵了。

例 別のテーブルを手配していただけますか？

be.tsu.no./te.e.bu.ru.o./te.ha.i.shi.te.i.ta.da.ke.ma.su.
ka.
可以幫我們安排另外的座位嗎？

●關鍵單字●

| 静か | shi.zu.ka. | 安靜的 |
| うるさい | u.ru.sa.i. | 吵的 |

track 089

Unit 83 確認何時點餐

基本句型

> すみませんが、まだ決まっていません。
>
> su.mi.ma.se.n.ga./ma.da.ki.ma.tte.i.ma.se.n.
>
> 對不起，我們還沒有準備好（要點餐）。

實用會話

Ⓐ ご注文はお決まりですか？

go.chu.u.mo.n.wa./o.ki.ma.ri.de.su.ka.
你們準備好點餐了嗎？

Ⓑ すみませんが、まだ決まっていません。

su.mi.ma.se.n.ga./ma.da.ki.ma.tte.i.ma.se.n.
對不起，我們還沒有準備好（要點餐）。

Ⓐ ゆっくりしてください。また後で来ます。

yu.kku.ri./shi.te.ku.da.sa.i./ma.ta.a.to.de./ki.ma.su.
慢慢來。我待會再來。

Ⓑ ありがとう。

a.ri.ga.to.u.
謝謝你。

●相關例句●

例 すみませんが、まだ注文が決まってません。

su.mi.ma.se.n.ga./ma.da.chu.u.mo.n.ga./ki.ma.tte.ma.se.n.

抱歉，我們還沒有準備好要點餐。

例 はい、お願いします。

ha.i./o.ne.ga.i.shi.ma.su.

是的，（要點餐了）麻煩你了！

●關鍵單字●

決まる　　　ki.ma.ru.　　決定

ゆっくりしてください

　　　　　　yu.kku.ri./shi.te.ku.da.sa.i.　慢慢來
　　　　　　不要著急

Unit 84 要求看菜單

●基本句型●

メニューを見せてください。

me.nyu.u.o./mi.se.te./ku.da.sa.i.

我可以看菜單嗎?

●實用會話●

A お客様、どうぞお座りください。

o.kya.ku.sa.ma./dou.zo./o.su.wa.ri.ku.da.sa.i.

請坐。

B ありがとう。メニューを見せてください。

a.ri.ga.to.u./me.nyu.u.o./mi.se.te./ku.da.sa.i.

謝謝你。我可以看菜單嗎?

A はい、こちらになります。

ha.i./ko.chi.ra.ni./na.ri.ma.su.

好的,請看。

B 注文が決まったら、あなたに知らせます。

chu.u.mo.n.ga./ki.ma.tta.ra./a.na.ta.ni./shi.ra.se.ma.su.

等我們準備好點餐的時候會叫你。

A 問題ありません。ごゆっくり。

mon.da.i.a.ri.ma.se.n./go.yu.kku.ri.

沒問題。你慢慢來吧!

B ありがとう。

a.ri.ga.to.u.
謝謝你。

・相關例句・

例 もう一度、メニューを見せてもらえますか？

mo.u.i.chi.do./me.nyu.u.o./mi.se.te./mo.ra.e.ma.su.
ka.
我可以再看一次菜單嗎？

track 091

Unit 85 有關於餐點

•基本句型•

サーロインステーキをお願いします。

sa.a.ro.i.n.su.te.e.ki.o./o.ne.ga.i.shi.ma.su.

我要點沙朗牛排。

•實用會話•

Ⓐ ご注文はお決まりですか？

go.chu.u.mo.n.wa./o.ki.ma.ri.de.su.ka.

你準備好要點餐了嗎？

Ⓑ はい、決まりました。

ha.i./ki.ma.ri.ma.shi.ta.

是的，我們準備好了。

Ⓐ メインディッシュは何になさいますか？

me.i.n.dhi.sshu.wa./na.ni.ni./na.sa.i.ma.su.ka.

你的正餐要點什麼？

Ⓑ サーロインステーキをお願いします。

sa.a.ro.i.n.su.te.e.ki.o./o.ne.ga.i.shi.ma.su.

我要點沙朗牛排。

Ⓐ 奥様は？

o.ku.sa.ma.wa.

太太，妳呢？

● 私はローストチキンにします。
wa.ta.shi.wa./ro.o.su.to.chi.ki.n.ni./shi.ma.su.
我要點烤雞。

●相關例句●

例 メインディッシュはTボーンステーキにします。
me.i.n.dhisshu.wa./T bo.o.n.su.te.e.ki.ni./shi.ma.su.
我主餐要點丁骨牛排。

例 どんなスープがありますか？
do.n.na.su.u.pu.ga./a.ri.ma.su.ka.
你們有什麼湯？

例 お味はいかがですか？
o.a.ji.wa.i.ka.ga.de.su.ka.
味道如何？

例 量は多いですか？
ryo.u.wa.o.o.i.de.su.ka.
份量很多嗎？

●關鍵單字●

メインディッシュ	me.i.n.dhi.sshu.	餐點、正餐
サーロインステーキ	sa.a.ro.i.n.su.te.e.ki.	沙朗牛排
ローストチキン	ro.o.su.to.chi.ki.n.	烤雞
Tボーンステーキ	T bo.o.n.su.te.e.ki.	丁骨牛排
スープ	su.u.pu.	湯
味	a.ji.	味道
量	ryo.u.	份量

Unit 86 餐廳的特餐

●基本句型●

本日のおすすめは何ですか？

hon.ji.tsu.no./o.su.su.me.wa./na.n.de.su.ka.

今天的特餐是什麼？

●實用會話●

Ⓐ 本日のおすすめは何ですか？
hon.ji.tsu.no./o.su.su.me.wa./na.n.de.su.ka.
今天的特餐是什麼？

Ⓑ フィレステーキです。
fi.re.su.te.e.ki.de.su.
是菲力牛排。

Ⓐ いいですね。それにしてみます。
i.i.de.su.ne./so.re.ni.shi.te.mi.ma.su.
聽起來不錯，我點這一個。

Ⓒ 私はニューヨークステーキがいいです。
wa.ta.shi.wa./nyu.u.yo.o.ku.su.te.e.ki.ga./i.i.de.su.
我要點紐約牛排。

Ⓑ 申し訳ありませんが、ただいまニューヨークス
テーキはございません。
mo.u.shi.wa.ke.a.ri.ma.se.n.ga./ta.da.i.ma./nyu.u.yo.
o.ku.su.te.e.ki.wa./go.za.i. ma.se.n.
很抱歉，我們現在沒有紐約牛排。

C そうですか？ではピカタにします。

so.u.de.su.ka./de.wa./pi.ka.ta.ni./shi.ma.su.

好吧！那我要點酸豆檸香排。

●相關例句●

例 私は本日のおすすめにしようと思います。

wa.ta.shi.wa./hon.ji.tsu.no./o.su.su.me.ni./shi.yo.u.
to./o.mo.i.ma.su.

我要試試今天的特餐。

例 こちらのお店の本日のおすすめは何ですか？

ko.chi.ra.no./o.mi.se.no./hon.ji.tsu.no./o.su.su.me.
wa./na.n.de.su.ka.

今天餐廳的特餐是什麼？

例 シェフのおすすめは何ですか？

she.fu.no./o.su.su.me.wa./na.n.de.su.ka.

主廚推薦的料理是什麼？

例 ステーキの付け合わせは何ですか？

su.te.e.ki.no./tsu.ke.a.wa.se.wa./na.n.de.su.ka.

牛排的副餐是什麼？

例 すみませんが、注文を変更できますか？

su.mi.ma.se.n.ga./chu.u.mo.n.o./he.n.ko.u.de.ki.ma.
su.ka.

抱歉，我可以更改我的餐點嗎？

track 093

關鍵單字

おすすめ	o.su.su.me.	推薦的東西
フィレステーキ	fi.re.su.te.e.ki.	菲力牛排
ニューヨークステーキ	nyu.u.yo.o.ku.su.te.e.ki.	紐約牛排
ピカタ	pi.ka.ta.	酸豆檸香排
シェフ	she.fu.	主廚
付け合わせ	tsu.ke.a.wa.se.	配菜

Unit **87** 牛排的烹調熟度

●基本句型●

ウェルダンにしてください。
we.ru.da.n.ni./shi.te.ku.da.sa.i.
請給我全熟。

●實用會話●

Ⓐ 二人ともフィレステーキをお願いします。
fu.ta.ri.to.mo./fi.re.su.te.e.ki.o./o.ne.ga.i.shi.ma.su.
我們兩個都要菲力牛排。

Ⓑ ステーキの焼き加減はいかがしましょうか？
su.te.e.ki.no./ya.ki.ka.ge.n.wa./i.ka.ga.shi.ma.sho.u.
ka.
你的牛排要幾分熟？

Ⓐ ウェルダンにしてください。
we.ru.da.n.ni./shi.te.ku.da.sa.i.
請給我全熟。

Ⓑ お客様はいかがですか？
o.kya.ku.sa.ma.wa./i.ka.ga.de.su.ka.
先生，您呢？

Ⓒ ミディアムにしてください。
mi.dhi.a.mu.ni./shi.te.ku.da.sa.i.
請給我五分熟。

track 094

●相關例句●

例 ミディアムレアでお願いします。

mi.dhi.a.mu.re.a.de./o.ne.ga.i.shi.ma.su.

三分熟，謝謝！

例 ウェルダンでお願いします。

we.ru.da.n.de./o.ne.ga.i.shi.ma.su.

全熟，謝謝！

●關鍵單字●

ウェルダン	we.ru.da.n. 全熟
ミディアム	mi.dhi.a.mu. 五分熟
ミディアムレア	mi.dhi.a.mu.re.a. 三分熟
焼き加減	ya.ki.ka.ge.n. 烹調程度

Unit 88 侍者的推薦

●基本句型●

あなたのおすすめは何でしょうか？

a.na.ta.no./o.su.su.me.wa./na.n.de.sho.u.ka.

你有什麼好的推薦嗎？

●實用會話●

A こちらのお店の本日のおすすめは何ですか？

ko.chi.ra.no./o.mi.se.no./ho.n.ji.tsu.no./o.su.su.me.wa./na.n.de.su.ka.

今天餐廳的特餐是什麼？

B イタリア料理です。

i.ta.ri.a.ryo.u.ri.de.su.

是義大利料理。

A あなたのおすすめは何でしょうか？

a.na.ta.no./o.su.su.me.wa./na.n.de.sho.u.ka.

你有什麼好的推薦嗎？

B シーフードのイタリア料理が最高ですね。

shi.i.fu.u.do.no./i.ta.ri.a.ryou.ri.ga./sa.i.ko.u./de.su.ne.

義大利海鮮料理是最棒的。

track 095

Ⓐ 分かりました。それにしてみます。

wa.ka.ri.ma.shi.ta./so.re.ni./shi.te.mi.ma.su.

好，我要試這一種。

Ⓑ スープはどうされますか？シーフードスープか
ビーフスープですが。

su.u.pu.wa./do.u.sa.re.ma.su.ka./shi.i.fu.u.do.su.u.pu.
ka./bi.i.fu.su.u.pu.de.su.ga.

要什麼湯呢？海鮮湯或牛肉湯？

Ⓐ ビーフスープをお願いします。

bi.i.fu.su.u.pu.o./o.ne.ga.i.shi.ma.su.

牛肉湯，謝謝！

●關鍵單字●

シーフード	shi.i.fu.u.do. 海鮮
最高	sa.i.ko.u. 最棒

Unit **89** 點和他人相同餐點

●基本句型●

2つにしてください。

fu.ta.tsu.ni./shi.te.ku.da.sa.i.

（這個餐點）點兩份。

●實用會話●

Ⓐ ご注文はお決まりですか？

go.chu.u.mo.n.wa./o.ki.ma.ri.de.su.ka.
你準備好要點餐了嗎？

Ⓑ サーロインステーキをお願いします。好物なのです。

sa.a.ro.i.n.su.te.e.ki.o./o.ne.ga.i.shi.ma.su./ko.u.bu.
tsu.na.no.de.su.
我要沙朗牛排。這是我的最愛。

Ⓒ 2つにしてください。

fu.ta.tsu.ni./shi.te.ku.da.sa.i.
點兩份。

Ⓐ 分かりました。サーロインステーキ2つですね。デザートはいかがですか？

wa.ka.ri.ma.shi.ta./sa.a.ro.i.n.su.te.e.ki./fu.ta.tsu./de.
su.ne./de.za.a.to.wa./i.ka.ga.de.su.ka.
好的，兩份沙朗牛排。甜點呢？

🔲 track 096

Ⓑ プリンをお願いします。

pu.ri.n.o./o.ne.ga.i.shi.ma.su.
我要布丁。

Ⓒ 私はアイスクリームにしてみます。

wa.ta.shi.wa./a.i.su.ku.ri.i.mu.ni./shi.te.mi.ma.su.
我要點冰淇淋。

●相關例句●

例 私も一緒で。

wa.ta.shi.mo./i.ssyo.de.
我也是點一樣的。

例 それと同じ料理をいただけますか？

so.re.to./o.na.ji.ryo.u.ri.o./i.ta.da.ke.ma.su.ka.
我可以點和那個一樣的餐點嗎？

●關鍵單字●

好物	ko.u.bu.tsu.	最愛
デザート	de.za.a.to.	甜點
プリン	pu.ri.n.	布丁
アイスクリーム	a.i.su.ku.ri.i.mu.	冰淇淋
一緒	i.ssyo.	一樣

Unit 90 一般飲料

●基本句型●

冷たい飲み物が欲しいです。

tsu.me.ta.i.no.mi.mo.no.ga.ho.shi.i./de.su.

我想要喝點冷飲。

●實用會話●

Ⓐ 何か飲み物はいかがですか？

na.ni.ka./no.mi.mo.no.wa./i.ka.ga.de.su.ka.

你要不要來點飲料？

Ⓑ 冷たい飲み物が欲しいです。

tsu.me.ta.i.no.mi.mo.no.ga.ho.shi.i./de.su.

我想要喝點冷飲。

Ⓐ ローズティーはいかがですか？とても人気があ
ります。

ro.o.zu.ti.i.wa./i.ka.ga.de.su.ka./to.te.mo./ni.n.ki.ga./
a.ri.ma.su.

喝杯玫瑰茶怎麼樣？這個很受歡迎。

Ⓑ いいですね。それにします。

i.i.de.su.ne./so.re.ni./shi.ma.su.

聽起來很棒。我就點這個。

track 097

Ⓒ 私はコーヒーをお願いします。

wa.ta.shi.wa./ko.o.hi.i.o./o.ne.ga.i.shi.ma.su.

我要點咖啡,謝謝。

Ⓑ 分かりました。すぐお持ちします。

wa.ka.ri.ma.shi.ta./su.gu.o.mo.chi.shi.ma.su.

好的,我馬上送過來。

●相關例句●

例 ブランデーが欲しいです。

bu.ra.n.de.e.ga./ho.shi.i.de.su.

我要白蘭地酒。

例 ビールをお願いします。

bi.i.ru.o./o.ne.ga.i.shi.ma.su.

請給我啤酒。

●關鍵單字●

ローズティー	ro.o.zu.ti.i. 玫瑰茶
人気がある	ni.n.ki.ga./a.ru. 受歡迎
ブランデー	bu.ra.n.de.e. 白蘭地酒

Unit 91 甜點

●基本句型●

クッキーをいただけますか。

ku.kki.i.o./i.ta.da.ke.ma.su.ka.

我想點餅乾。

●實用會話●

Ⓐ 食後のデザートは何になさいますか？

sho.ku.go.no./de.za.a.to.wa./na.ni.ni./na.sa.i.ma.su.ka.

飯後你要什麼甜點？

Ⓑ クッキーをいただけますか。

ku.kki.i.o./i.ta.da.ke.ma.su.ka.

我想點餅乾。

Ⓐ 分かりました。お客様は？

wa.ka.ri.ma.shi.ta./o.kya.ku.sa.ma.wa.

好的。先生，你呢？

Ⓒ いや結構です。ありがとう。

i.ya./ke.kko.u./de.su./a.ri.ga.to.u.

我不用，謝謝！

●關鍵單字●

クッキー	ku.kki.i. 餅乾
食後	sho.ku.go. 飯後

track 098

Unit ❾❷ 確認點完餐

●基本句型●

以上です。
i.jo.u./de.su.

我們就點這些了。

●實用會話●

Ⓐ 二人ともサーロインステーキをお願いします。

fu.ta.ri.to.mo./sa.a.ro.i.n.su.te.e.ki.o./o.ne.ga.i.shi.ma.su.

我們兩個都要沙朗牛排。

Ⓑ サーロインステーキ2つですね。以上ですか？

sa.a.ro.i.n.su.te.e.ki./fu.ta.tsu.de.su.ne./i.jo.u.de.su.ka.

兩份沙朗牛排。就這樣嗎？

Ⓐ 以上です。

i.jo.u.de.su.

我們就點這些了。

Ⓒ ああ、それとパフをもう少しいただけますか？

a.a./so.re.to./pa.fu.o./mo.u.su.ko.shi./i.ta.da.ke.ma.su.ka.

那我可以再多點一些泡芙嗎？

🅑 分かりました。他に何か？

wa.ka.ri.ma.shi.ta./ho.ka.ni./na.ni.ka.

好的。還有沒有要其他餐點？

🅒 ありません。以上です。ありがとう。

a.ri.ma.se.n./i.jo.u.de.su./a.ri.ga.to.u.

沒有，就這樣了！謝謝！

●相關例句●

例 ありがとう。以上です。

a.ri.ga.to.u./i.jo.u.de.su.

謝謝！這樣就好！

●關鍵單字●

| パフ | pa.fu. 泡芙 |

track 099

Unit 93 請儘快上菜

基本句型

出来るだけ早く持ってきてもらえますか？

de.ki.ru.da.ke./ha.ya.ku.mo.tte./ki.te.mo.ra.e.ma.su. ka.

你能不能儘快為我們上菜？

實用會話

A ご注文は以上ですか？

go.chu.u.mo.n.wa./i.jo.u.de.su.ka.
你點的總共這些嗎？

B はい、以上です。

ha.i./i.jo.u.de.su.
是的，就這些。

A 分かりました。すぐに料理をお持ちします。

wa.ka.ri.ma.shi.ta./su.gu.ni./ryo.u.ri.o./o.mo.chi.shi. ma.su.
好的，餐點會馬上為你送上。

B 出来るだけ早く持ってきてもらえますか？

de.ki.ru.da.ke./ha.ya.ku.mo.tte./ki.te.mo.ra.e.ma.su. ka.
你能不能儘快為我們上菜？

Ⓐ 問題ありません。

mo.n.da.i./a.ri.ma.se.n.

沒問題。

- -

●相關例句●

例 注文を急いでもらえますか？

chu.u.mo.n.o./i.so.i.de./mo.ra.e./ma.su.ka.

可以快一點送餐嗎？

track 100

Unit 94 請同桌者遞調味料

• 基本句型 •

塩をいただけますか？
shi.o.o./i.ta.da.ke.ma.su.ka.
請遞鹽給我。

• 實用會話 •

A ということは、翌朝4時までに空港に行かなければならないのですか？

to.i.u.ko.to.wa./yo.ku.a.sa.yo.ji.ma.de.ni./ku.u.ko.u.ni./i.ka.na.ke.re.ba./na.ra.na.i.no.de.su.ka.
所以我們明天早上四點鐘前就要到達機場？

B その通り。遅刻しないでください。

so.no.to.o.ri./chi.ko.ku.shi.na.i.de./ku.da.sa.i.
沒錯，不要遲到。
（C打斷A與B的談話）

C すみません、塩をいただけますか？

su.mi.ma.se.n./shi.o.o./i.ta.da.ke.ma.su.ka
對不起，請遞鹽給我。

B 分かりました。どうぞ。

wa.ka.ri.ma.shi.ta./do.u.zo.
當然好，給你。

2
1
2

ⓒ ありがとう。どうぞ続けてください。

a.ri.ga.to.u./do.u.zo./tsu.zu.ke.te./ku.da.sa.i.

謝謝你。請繼續剛才的話題。

●關鍵單字●

翌朝	yo.ku.a.sa. 隔天早上
遅刻	chi.ko.ku. 遲到
続ける	tsu.zu.ke.ru. 繼續

track 101

Unit 95 請服務生協助

●基本句型●

フォークを落としてしまいました。

fo.o.ku.o./o.to.shi.te./shi.ma.i.ma.shi.ta.

我的叉子掉到地上了！

●實用會話●

Ⓐ すみません。

su.mi.ma.se.n.

不好意思（叫服務生）。

Ⓑ いかがされましたでしょうか。

i.ka.ga.sa.re.ma.shi.ta./de.sho.u.ka.

需要我為你效勞嗎？

Ⓐ フォークを落としてしまいました。新しいのを
いただけますか？

fo.o.ku.o./o.to.shi.te./shi.ma.i.ma.shi.ta./a.ta.ra.shi.i.
no.o./i.ta.da.ke.ma.su.ka.

我的叉子掉到地上了！我能要一支新的嗎？

Ⓑ 新しいのをお持ちします。

a.ta.ra.shi.i.no.o./o.mo.chi.shi.ma.su.

我會幫你換支新的。

Ⓐ ありがとう。

a.ri.ga.to.u.

謝謝。

2
1
4

C それとパンをいくつかいただけますか？

so.re.to./pa.n.o./i.ku.tsu.ka./i.ta.da.ke.ma.su.ka.

還有，你能再給我們一些麵包嗎？

●相關例句●

例 この肉は煮過ぎです。

ko.no.ni.ku.wa./ni.su.gi.de.su.

這個肉煮得太老了！

例 私はこの料理を注文していません。

wa.ta.shi.wa./ko.no.ryo.u.ri.o./chu.u.mo.n.shi.te.i.ma.se.n.

我沒有點這道菜！

例 追加のお椀をいただけますか？

tsu.i.ka.no./o.wa.n.o./i.ta.da.ke.ma.su.ka.

我們可以多要一個碗嗎？

●關鍵單字●

フォーク	fo.o.ku.	叉子
落とす	o.to.su.	掉下、落下
新しい	a.ta.ra.shi.i.	新的
パン	pa.n.	麵包
煮過ぎ	ni.su.gi.	煮過頭
お椀	o.wa.n.	碗

track 102

Unit 96 整理桌面

●基本句型●

テーブルを片付けていただけますか？
te.e.bu.ru.o./ka.ta.zu.ke.te./i.ta.da.ke.ma.su.ka.

可以整理一下桌子嗎？

●實用會話●

Ⓐ すみません。

su.mi.ma.se.n.

不好意思（叫服務生）。

Ⓑ はい？

ha.i.

有什麼需要服務的？

Ⓐ テーブルを片付けていただけますか？

te.e.bu.ru.o./ka.ta.zu.ke.te./i.ta.da.ke.ma.su.ka.

可以為我們整理一下桌子嗎？

Ⓑ 分かりました。

wa.ka.ri.ma.shi.ta./

好的。

（B正在收拾桌上的餐盤）

Ⓐ ああ、それは残しておいてください。まだ食べ
ています。

a.a./so.re.wa./no.ko.shi.te./o.i.te./ku.da.sa.i./ma.da.ta.
be.te.i.ma.su.

啊，那個留下來。我還在用。

Ⓑ 失礼しました。

shi.tsu.re.i.shi.ma.shi.ta.

抱歉！

●相關例句●

例 それを下げてください。

so.re.o./sa.ge.te.ku.da.sa.i.

那個請收走！

●關鍵單字●

テーブル	te.e.bu.ru.	桌子
片付ける	ka.ta.zu.ke.ru.	清潔、整理
残す	no.ko.su.	留下
失礼しました	shi.tsu.re.i.shi.ma.shi.ta.	失禮了
下げる	sa.ge.ru.	撤掉

track 103

Unit **97** 仍繼續在用餐

● 基本句型 ●

食べ終わりました。

ta.be.o.wa.ri.ma.shi.ta.

我們用完餐了。

● 實用會話 ●

A すみません。お水をいただけますか？

su.mi.ma.se.n./o.mi.zu.o./i.ta.da.ke.ma.su.ka.

抱歉，我能要一些水嗎？

B 分かりました。それとお食事はお済みですか？
それともまだでしょうか？

wa.ka.ri.ma.shi.ta./so.re.to./o.sho.ku.ji.wa./o.su.mi.
de.su.ka./so.re.to.mo.ma.da.de.sho.u.ka.

當然好。你用完餐了嗎？還是要繼續用？

A 食べ終わりました。

ta.be.o.wa.ri.ma.shi.ta.

我們用完餐了。

B お皿をさげてもよろしいですか？

o.sa.ra.o./sa.ge.te.mo./yo.ro.shi.i.de.su.ka.

我可以收盤子了嗎？

Ⓐ お願いします。ありがとう。

o.ne.ga.i.shi.ma.su./a.ri.ga.to.u.

麻煩你，謝謝。

Ⓑ どういたしまして。

do.u.i.ta.shi.ma.shi.te.

不客氣。

●相關例句●

例 それは残しておいてください。

so.re.wa./no.ko.shi.te./o.i.te./ku.da.sa.i.

那個留下來。

例 まだ食べています。

ma.da.ta.be.te.i.ma.su.

我還在用餐。

●關鍵單字●

食べ終わる	ta.be.o.wa.ru.	吃完
済む	su.mu.	完了
お皿	o.sa.ra.	盤子

Unit 98 結帳

●基本句型●

お勘定(かんじょう)をお願(ねが)いします。
o.ka.n.jo.u.o./o.ne.ga.i.shi.ma.su.
服務生，買單。

●實用會話●

Ⓐ お腹(なか)がいっぱいです。
o.na.ka.ga./i.ppa.i.de.su.
我飽了。

Ⓑ それでは行(い)きますか？
so.re.de.wa./i.ki.ma.su.ka.
我們要走了嗎？

Ⓐ はい、行(い)きましょう。
ha.i./i.ki.ma.sho.u.
好了，我們走吧！

Ⓑ お勘定(かんじょう)をお願(ねが)いします。
o.ka.n.jo.u.o./o.ne.ga.i.shi.ma.su.
請買單。

Ⓒ 現金(げんきん)ですか？クレジットカードですか？
ge.n.ki.n.de.su.ka./ku.re.ji.tto.ka.a.do.de.su.ka.
用現金還是信用卡(付帳)？

B クレジットカードです。

ku.re.ji.tto.ka.a.do.de.su.

信用卡(付帳)。

●相關例句●

例 お会計をお願いします。

o.ka.i.ke.i.o./o.ne.ga.i.shi.ma.su.

請結帳。

例 クレジットカードは使えますか？

ku.re.ji.tto.ka.a.do.wa./tsu.ka.e.ma.su.ka.

你們有收信用卡嗎？

例 アメリカンエキスプレスが使えますか

a.me.ri.ka.n.e.ki.su.pu.re.su.ga/tsu.ka.e.ma.su.ka.

你們有收美國運通卡嗎？

例 現金で支払います。

ge.n.ki.n.de./shi.ha.ra.i.ma.su.

我付現金！

例 お会計はどちらですか？

o.ka.i.ke.i.wa./do.chi.ra.de.su.ka.

要去哪裡結帳？

●關鍵單字●

勘定	ka.n.jo.u.	計算 算帳
会計	ka.i.ke.i.	計算 算帳
お腹がいっぱい	o.na.ka.ga./i.ppa.i.	飽

track 105

現金 （げんきん）	ge.n.ki.n. 現金
クレジットカード	ku.re.ji.tto.ka.a.do. 信用卡
アメリカンエキスプレス	a.me.ri.ka.n.e.ki.su.pu.re.su. 美國運通卡

Unit 99 分開結帳

●基本句型●

割り勘にしましょう。
（わ）（かん）

wa.ri.ka.n.ni./shi.ma.sho.u.

我們各付各的吧！

●實用會話●

Ⓐ お会計は別々にしますか？
（かいけい）（べつべつ）

o.ka.i.ke.i.wa./be.tsu.be.tsu.ni./shi.ma.su.ka.

要分開付帳嗎？

（B對C説）

Ⓑ 私がおごります。
（わたし）

wa.ta.shi.ga./o.go.ri.ma.su.

我請客。

C いいえ、私が支払います。

i.i.e./wa.ta.shi.ga.shi.ha.ra.i.ma.su.

不,我付帳。

B 分かりました。それでは割り勘にしましょう。

wa.ka.ri.ma.shi.ta./so.re.de.wa./wa.ri.ka.n.ni./shi.ma.
sho.u.

這樣好了,我們各付各的吧!

C それがいいです。

so.re.ga.i.i.de.su.

好主意。

A 現金かクレジットカードか、どちらになさいますか?

ge.n.ki.n.ka./ku.re.ji.tto.ka.a.do.ka./do.chi.ra.ni./na.
sa.i.ma.su.ka.

你要用現金還是信用卡付帳?

B クレジットカードでお願いします。

ku.re.ji.tto.ka.a.do.de./o.ne.ga.i.shi.ma.su.

信用卡,麻煩了。

●相關例句●

例 支払いは別々でお願いします。

shi.ha.ra.i.wa./be.tsu.be.tsu.de./o.ne.ga.i.shi.ma.su.

我們要分開結帳!

●關鍵單字●

割_わり勘_{かん}	wa.ri.ka.n.　各付各的 分開結帳
別_{べつ}々_{べつ}で	be.tsu.be.tsu.de.　個別
おごる	o.go.ru.　請客、對待

Unit 100 請客

●基本句型●

お勘_{かん}定_{じょう}は私_{わたし}に任_{まか}せてください。

o.ka.n.jo.u.wa./wa.ta.shi.ni./ma.ka.se.te./ku.da.sa.i.

我來付帳！

●實用會話●

A お会_{かい}計_{けい}をお願_{ねが}いします。

o.ka.i.ke.i.o./o.ne.ga.i.shi.ma.su.

請結帳。

B お会_{かい}計_{けい}は別_{べつ}々_{べつ}にしますか？

o.ka.i.ke.i.wa./be.tsu.be.tsu.ni./shi.ma.su.ka.

你們要不要分開付帳？

Ⓐ お勘定は私に任せてください。

o.ka.n.jou.wa./wa.ta.shi.ni./ma.ka.se.te./ku.da.sa.i.

我來付帳！

- -

Ⓒ ありがとうございます。ご馳走様です。

a.ri.ga.to.u.go.za.i.ma.su./go.chi.so.u.sa.ma.de.su.

謝謝！多謝款待！

- -

Ⓐ 領収書をいただけますか？

ryo.u.shu.u.sho.o./i.ta.da.ke.ma.su.ka.

可以給我收據嗎？

- -

Ⓑ 分かりました。しばらくお待ちください。

wa.ka.ri.ma.shi.ta./shi.ba.ra.ku./o.ma.chi.ku.da.sa.i.

當然可以，請稍等！

●相關例句●

例 夕食は私のおごりです。

yu.u.sho.ku.wa./wa.ta.shi.no./o.go.ri.de.su.

晚餐算我的！

- -

例 これは私が払います。

ko.re.wa./wa.ta.shi.ga.ha.ra.i.ma.su.

算我的。

- -

例 おごります。

o.go.ri.ma.su.

我請你。

track 107

關鍵單字

任せる	ma.ka.se.ru.	交由、交付
ご馳走様	go.chi.so.u.sa.ma.	多謝款待
領収書	ryo.u.shu.u.sho.	收據
しばらく	shi.ba.ra.ku.	一會兒、片刻

Unit 101 帳單明細

基本句型

サービス料金は含まれていますか？

sa.a.bi.su.ryo.u.ki.n.wa./fu.ku.ma.re.te.i.ma.su.ka.

有包含服務費嗎？

實用會話

Ⓐ 770元になります。

na.na.hya.ku.na.na.ju.u.ge.n.ni./na.ri.ma.su.

總共七百七十元。

Ⓑ サービス料金は含まれていますか？

sa.a.bi.su.ryo.u.ki.n.wa./fu.ku.ma.re.te.i.ma.su.ka.

有包含服務費嗎？

226

Ⓐ はい、10パーセントのサービス料金が含まれています。

ha.i./ju.ppa.a.se.n.to.no./sa.a.bi.su.ryo.u.ki.n.ga./fu.ku.ma.re.te.i.ma.su.

是的，包含百分之十的服務費。

Ⓑ 分かりました。現金で支払います。はい、どうぞ。

wa.ka.ri.ma.shi.ta./ge.n.ki.n.de./shi.ha.ra.i.ma.su./ha.i./do.u.zo.

我要用現金付錢。錢給你。

Ⓐ はい。しばらくお待ちください。

ha.i./shi.ba.ra.ku./o.ma.chi.ku.da.sa.i.

好的，請稍等。

Ⓑ おつりは要りません。

o.tsu.ri.wa./i.ri.ma.se.n.

不用找錢了。

●相關例句●

例 チップは含まれていますか？

chi.ppu.wa./fu.ku.ma.re.te.i.ma.su.ka.

有包含小費嗎？

例 これはあなたに。

ko.re.wa./a.na.ta.ni.

（小費）給你！

●關鍵單字●

パーセント	pa.a.se.n.to.	百分比
おつり	o.tsu.ri.	找的零錢

track 108

Unit 102 決定要內用或外帶

基本句型

持（も）ち帰（かえ）りでお願（ねが）いします。

mo.chi.ka.e.ri.de./o.ne.ga.i.shi.ma.su.

（我要）外帶，麻煩你。

實用會話

Ⓐ コーヒーを一杯（いっぱい）ください。

ko.o.hi.i.o./i.ppa.i./ku.da.sa.i.

我要一杯咖啡，謝謝。

Ⓑ こちらで？それとも持（も）ち帰（かえ）りですか？

ko.chi.ra.de./so.re.to.mo./mo.chi.ka.e.ri./de.su.ka.

要內用還是外帶？

Ⓐ 持（も）ち帰（かえ）りでお願（ねが）いします。

mo.chi.ka.e.ri.de./o.ne.ga.i.shi.ma.su.

（我要）外帶，麻煩你。

Ⓑ 60元（げん）になります。

ro.ku.ju.u.ge.n.ni./na.ri.ma.su.

總共六十元。

Ⓐ はい、100元（げん）です。

ha.i. /hya.ku.ge.n.de.su.

好，給你一百元。

Ｂ コーヒーとお釣りになります。

ko.o.hi.i.to./o.tsu.ri.ni./na.ri.ma.su.

這是你的咖啡和零錢。

●相關例句●

例 チキンサンドイッチを持ち帰りでお願いします。

chi.ki.n.sa.n.do.i.cchi.o./mo.chi.ka.e.ri.de./o.ne.ga.i.
shi.ma.su.

我要外帶一份雞肉三明治，謝謝！

例 コーヒー1杯を店内でお願いします。

ko.o.hi.i./i.ppa.i.o./te.n.na.i.de./o.ne.ga.i.shi.ma.su.

我要一杯咖啡，內用，謝謝！

例 こちらで食べます。

ko.chi.ra.de./ta.be.ma.su.

我要在這裡吃！

例 店内でお願いします。

te.n.na.i.de./o.ne.ga.i.shi.ma.su.

這裡用餐，謝謝！

●關鍵單字●

持ち帰り	mo.chi.ka.e.ri.	外帶
店内	te.n.na.i.	店鋪內部

track 109

Unit 103 速食餐點醬料

基本句型

ケチャップをお願いします。
ke.cha.ppu.o./o.ne.ga.i.shi.ma.su.
請給我蕃茄醬。

實用會話

A マックチキンナゲットをお願いします。

ma.kku.chi.ki.n.na.ge.tto.o./o.ne.ga.i.shi.ma.su.

我要點麥克雞塊。

B ソースは何になさいますか？

so.o.su.wa./na.ni.ni./na.sa.i.ma.su.ka.

你要什麼醬料？

A ケチャップをお願いします。

ke.cha.ppu.o./o.ne.ga.i.shi.ma.su.

請給我蕃茄醬。

B こちらがご注文の品です。

ko.chi.ra.ga./go.chu.u.mo.n.no./shi.na.de.su.

這是你的餐點。

A ケチャップをもう1つ追加でもらえますか？

ke.cha.ppu.o./mo.u.hi.to.tsu.tsu.i.ka.de./mo.ra.e.ma.su.ka.

我能多要一份蕃茄醬嗎？

Ⓑ はい。こちらをどうぞ。

ha.i./ko.chi.ra.o./do.u.zo.

當然可以，這是你要的。

●相關例句●

例 ケチャップを余分にもらいます。

ke.cha.ppu.o./yo.bu.n.ni./mo.ra.i.ma.su.

多拿一些蕃茄醬。

例 ケチャップとマスタードをお願いします。

ke.cha.ppu.to./ma.su.ta.a.do.o./o.ne.ga.i.shi.ma.su.

請給我蕃茄醬和芥末醬。

●關鍵單字●

ケチャップ	ke.cha.ppu.	蕃茄醬
マックチキンナゲット		
	ma.kku.chi.ki.n.na.ge.tto.	
	麥克雞塊	
ソース	so.o.su.	醬料
余分	yo.bu.n.	多餘、額外
品	shi.na.	東西
マスタード	ma.su.ta.a.do.	芥末醬

track 110

Unit 104 點速食店的飲料

●基本句型●

コーラが欲しいです。
ko.o.ra.ga./ho.shi.i.de.su.
我要可樂。

●實用會話●

A 飲み物はいかがですか？
no.mi.mo.no.wa./i.ka.ga.de.su.ka.
你要點飲料嗎？

B コーラが欲しいです。
ko.o.ra.ga./ho.shi.i.de.su.
我要可樂。

A 大きいサイズと普通サイズのどちらですか？
o.o.ki.i.sa.i.zu.to./fu.tsu.u.sa.i.zu.no./do.chi.ra.de.su.ka.
(要)大杯或普通杯？

B 普通サイズでお願いします。
fu.tsu.u.sa.i.zu.de./o.ne.ga.i.shi.ma.su.
(請給我)普通杯。

A お客様はいかがですか？
o.kya.ku.sa.ma.wa./i.ka.ga.de.su.ka.
先生，你呢？

● いいえ、結構です。

i.i.e./ke.kko.u.de.su.

不用了，謝謝。

●相關例句●

例 コーラを1杯ください。

ko.o.ra.o./i.ppa.i./ku.da.sa.i.

一杯可樂，謝謝！

例 コーヒーを2つください。

ko.o.hi.i.o./fu.ta.tsu./ku.da.sa.i.

兩杯咖啡，謝謝！

例 ブラックコーヒーを1杯ください。

bu.ra.kku.ko.o.hi.i.o./i.ppa.i./ku.da.sa.i.

請給我一杯黑咖啡。

關鍵單字

大きい	o.o.ki.i 大的
普通	fu.tsu.u. 普通的
ブラックコーヒー	bu.ra.kku.ko.o.hi.i. 黑咖啡

track 111

Unit 105 咖啡的奶精和糖包

●基本句型●

クリームかお砂糖はいかがですか？

ku.ri.i.mu.ka./o.sa.to.u.wa./i.ka.ga.de.su.ka.

你要奶精或糖嗎？

●實用會話●

Ⓐ コーヒーを1杯お願いします。

ko.o.hi.i.o./i.ppa.i./o.ne.ga.i.shi.ma.su.

請給我一杯咖啡。

Ⓑ クリームかお砂糖はいかがですか？

ku.ri.i.mu.ka./o.sa.to.u.wa./i.ka.ga.de.su.ka.

你要奶精或糖嗎？

Ⓐ 両方お願いします。ありがとうございます。

ryo.u.ho.u.o.ne.ga.i.shi.ma.su./a.ri.ga.to.u.go.za.i.ma.
su.

我兩種都要，謝謝。

Ⓑ お客様はいかがですか？

o.kya.ku.sa.ma.wa./i.ka.ga.de.su.ka.

先生，你呢？

❻ コーヒーで、お砂糖2つ、クリーム2つでお願いします。

ko.o.hi.i.de./o.sa.to.u.fu.ta.tsu./ku.ri.i.mu.fu.ta.tsu.
de./o.ne.ga.i.shi.ma.su.

請給我咖啡、兩包糖和兩包奶精，謝謝。

❽ 分かりました。

wa.ka.ri.ma.shi.ta./

好的。

關鍵單字

クリーム	ku.ri.i.mu.	奶精
お砂糖	o.sa.to.u.	糖、細糖
両方	ryo.u.ho.u.	兩者、雙方

track 112

Unit 106 遊客服務中心

●基本句型●

市内の観光パンフレットはあります
か？

shi.na.i.no./ka.n.ko.u.pa.n.fu.re.tto.wa./a.ri.ma.su.ka.

你們有市內旅遊手冊嗎？

●實用會話●

Ⓐ こんにちは。いかがなさいましたか？

ko.n.ni.chi.wa/i.ka.ga.na.sa.i.ma.shi.ta.ka.

午安，先生，需要我的協助嗎？

Ⓑ 観光案内所はどこにあるか教えてもらえます
か？

ka.n.ko.u.a.n.na.i.jo.wa./do.ko.ni./a.ru.ka./o.shi.e.te./
mo.ra.e.ma.su.ka.

你能告訴我哪裡有旅客服務中心嗎？

Ⓐ 最初の通りの角にあります。

sa.i.sho.no./to.o.ri.no./ka.do.ni./a.ri.ma.su.

就在第一條街的角落。

Ⓑ ありがとうございます。

a.ri.ga.to.u.go.za.i.ma.su.

謝謝你。

(稍後在旅客旅遊中心)

2
3
6

B 市内の観光パンフレットはありますか？

shi.na.i.no./ka.n.ko.u.pa.n.fu.re.tto.wa./a.ri.ma.su.ka.

你們有市內旅遊手冊嗎？

C あちらにあります。ご自由にお取りください。

a.chi.ra.ni./a.ri.ma.su./go.ji.yu.u.ni./o.to.ri.ku.da.sa.i.

就在那裡，請自由索取。

●相關例句●

例 観光パンフレットをもらえますか？

ka.n.ko.u.pa.n.fu.re.tto.o./mo.ra.e.ma.su.ka.

我可以要一份旅遊手冊嗎？

例 道に迷いました。今、どこにいるのでしょう。

mi.chi.ni./ma.yo.i.ma.shi.ta./i.ma.do.ko.ni./i.ru.no.de.
sho.u.

我迷路了！我現在人在哪裡？

例 市内の地図はどこで入手できますか？

shi.na.i.no./chi.zu.wa./do.ko.de./nyu.u.shu.de.ki.ma.
su.ka.

我可以在哪裡索取本市的地圖？

例 探してもらえませんか？

sa.ga.shi.te./mo.ra.e.ma.se.n.ka.

可以請你幫我找嗎？

例 パスポートを無くしました。

pa.su.po.o.to.o./na.ku.shi.ma.shi.ta.

我遺失護照了！

track 113

例 助けて欲しいです。

ta.su.ke.te./ho.shi.i.de.su.
我需要你的幫忙。

例 手伝ってください。

te.tsu.da.tte./ku.da.sa.i.
請幫我這個忙。

關鍵單字

観光案内所	ka.n.ko.u.a.n.na.i.jo.	旅客服務中心
角にある	ka.do.ni./a.ru.	在角落
観光パンフレット		
	ka.n.ko.u.pa.n.fu.re.tto.	
	旅遊導覽手冊	
ご自由にお取りください。		
	go.ji.yu.u.ni./o.to.ri.ku.da.sa.i.	
	請自由索取	
道に迷う	mi.chi.ni./ma.yo.u.	迷路
地図	chi.zu.	地圖
入手	nyu.u.shu.	取得
無くす	na.ku.su.	遺失

Unit 107 參加旅遊團

●基本句型●

1日コースの市内ツアーに参加したいです。

i.chi.ni.chi.ko.o.su.no./shi.na.i.tsu.a.a.ni./sa.n.ka.shi.ta.i.no.de.su.ga.

我想要參加市內一日遊的行程。

●實用會話●

Ⓐ いかがされましたでしょうか？

i.ka.ga.sa.re.ma.shi.ta./de.sho.u.ka.

需要我的協助嗎？

Ⓑ 1日コースの市内ツアーに参加したいのですが。

i.chi.ni.chi.ko.o.su.no./shi.na.i.tsu.a.a.ni./sa.n.ka.shi.ta.i.no.de.su.ga.

我要參加市內的一日遊行程。

Ⓐ 分かりました。こちらが登録用紙です。記入してください。

wa.ka.ri.ma.shi.ta./ko.chi.ra.ga./to.u.ro.ku.yo.u.shi.de.su./ki.nyu.u.shi.te.ku.da.sa.i.

好的，這是報名表，請先填寫。

Ⓑ どんなツアーがありますか？

do.n.na./tsu.a.a.ga./a.ri.ma.su.ka.

你們有哪一種行程？

track 114

Ⓐ ディズニーランド、博物館、カジノの 3 種類の
ツアーがあります。

dhi.zu.ni.i.ra.n.do./ha.ku.bu.tsu.ka.n./ka.ji.no.no./sa.
n.shu.ru.i.no./tsu.a.a.ga./a.ri. ma.su.

有三種旅遊團，迪士尼樂園、博物館和賭場。

Ⓑ カジノに参加したいです。

ka.ji.no.ni./sa.n.ka.shi.ta.i.de.su.

我要參加賭場的行程。

● 相關例句 ●

例 我々はそのコースにします。

wa.re.wa.re.wa./so.no.ko.o.su.ni./shi.ma.su.

我們決定參加那個行程。

例 その 2 日間のコースに参加したいです。

so.no.fu.tsu.ka.ka.n.no./ko.o.su.ni./sa.n.ka.shi.ta.i.de.
su.

我想要參加那個兩天行程。

例 是非、試してみたいです。

ze.hi./ta.me.shi.te.mi.ta.i.de.su.

我想試試看。

例 半日ツアーのほうに参加したいです。

ha.n.ni.chi.tsu.a.a.no.ho.u.ni./sa.n.ka.shi.ta.i.de.su.

我比較想參加半天的旅遊行程。

例 ここにどのくらい滞在しますか？

ko.ko.ni./do.no.ku.ra.i./ta.i.za.i.shi.ma.su.ka.

你們會在這裡待多久？

例 何時にバスに戻ればいいですか？

na.n.ji.ni./ba.su.ni./mo.do.re.ba./i.i.de.su.ka.

我們什麼時候要回去公車上？

例 私たちの写真を撮ってもらえませんか？

wa.ta.shi.ta.chi.no./sha.shi.n.o./to.tte./mo.ra.e.ma.se.n.ka.

可以請你幫我們拍照嗎？

關鍵單字

ディズニーランド	dhi.zu.ni.i.ra.n.do.	迪士尼樂園
博物館	ha.ku.bu.tsu.ka.n.	博物館
カジノ	ka.ji.no.	賭場
コース	ko.o.su.	行程
登録用紙	to.u.ro.ku.yo.u.shi.	報名表
1日ツアー	i.chi.ni.chi.tsu.a.a.	一日遊行程
半日ツアー	ha.n.ni.chi.tsu.a.a.	半日遊行程
市内ツアー	shi.na.i.tsu.a.a.	市內旅遊團
写真を撮る	sha.shi.n.o./to.ru.	拍照

track 115

Unit 108 旅遊團種類

• 基本句型 •

どのツアーがおすすめですか？

do.no.tsu.a.a.ga./o.su.su.me.de.su.ka.

你建議哪一種旅遊團？

• 實用會話 •

Ⓐ いかがされましたでしょうか？

i.ka.ga.sa.re.ma.shi.ta./de.sho.u.ka.

需要我的協助嗎？

Ⓑ 市内ツアーに参加したいのです。

shi.na.i.tsu.a.a.ni./sa.n.ka.shi.ta.i.no.de.su.

我想要參加市內旅行團。

Ⓐ いつまでニューヨークに滞在していますか？

i.tsu.ma.de./nyu.u.yo.o.ku.ni./ta.i.za.i.shi.te.i.ma.su.ka.

你會在紐約停留多久？

Ⓑ 今週の金曜日までです。どのツアーがおすすめですか？

ko.n.shu.u.no./ki.n.yo.u.bi.ma.de.de.su./do.no.tsu.a.a.ga./o.su.su.me.de.su.ka.

星期五之前。你建議哪一種旅遊團？

Ⓐ 2 日間のツアーはいかがですか？ディズニーランドと海のクルーズが含まれています。

fu.tsu.ka.ka.n.no./tsu.a.a.wa./i.ka.ga.de.su.ka./dhi.zu.ni.i.ra.n.do.to./u.mi.no.ku.ru.u.zu.ga./fu.ku.ma.re.te.i.ma.su.

兩日遊行程如何？有含迪士尼樂園和航海旅遊。

Ⓑ どれも面白そうですね。検討します。ありがとうございます。

do.re.mo.o.mo.shi.ro.so.u.de.su.ne./ke.n.to.u.shi.ma.su./a.ri.ga.to.u.go.za.i.ma.su.

都好像很有趣，我考慮一下。謝謝你。

●相關例句●

例 パッケージツアーはありますか？

pa.kke.e.ji.tsu.a.a.wa./a.ri.ma.su.ka.

你們有任何套裝旅遊行程嗎？

例 何か面白いツアーはありますか？

na.ni.ka./o.mo.shi.ro.i.tsu.a.a.wa./a.ri.ma.su.ka.

你們有好玩一點的行程嗎？

例 このツアーにはアートギャラリーは含まれていますか？

ko.no.tsu.a.a.ni.wa./a.a.to.gya.ra.ri.i.wa./fu.ku.ma.re.te.i.ma.su.ka.

行程有包含(參觀)畫廊嗎？

track 116

關鍵單字

海のクルーズ	u.mi.no.ku.ru.u.zu.	航海旅遊
検討する	ke.n.to.u.su.ru.	考慮
パッケージツアー	pa.kke.e.ji.tsu.a.a.	套裝旅遊行程
アートギャラリー	a.a.to.gya.ra.ri.i.	畫廊

Unit 109 推薦觀光景點

基本句型

いい観光地をご存じですか？

i.i.ka.n.ko.u.chi.o./go.zo.n.ji.de.su.ka.

你知道有什麼好的觀光景點嗎？

實用會話

🅐 ここに4日間滞在する予定です。どんな市内ツアーに参加すればいいでしょう。

ko.ko.ni./yo.kka.ka.n.ta.i.za.i.su.ru.yo.te.i.de.su./do.n.na.shi.na.i.tsu.a.a.ni./sa.n.ka.su.re.ba.i.i.de.sho.u.

我計劃在這停留四天。我應該參加哪一種行程？

B 観光バスツアーはいかがですか？

ka.n.ko.u.ba.su.tsu.a.a.wa./i.ka.ga.de.su.ka.

你覺得觀光巴士如何？

A 是非試してみたいです。いい観光地をご存じですか？

ze.hi./ta.me.shi.te.mi.ta.i.de.su./i.i.ka.n.ko.u.chi.o./go.zo.n.ji.de.su.ka.

我想試試看。你知道什麼好的觀光景點嗎？

B すべての美術館や博物館を訪れることが出来ます。たった400元です。

su.be.te.no./bi.ju.tsu.ka.n.ya./ha.ku.bu.tsu.ka.n.o./o.to.zu.re.ru.ko.to.ga./de.ki.ma.su./ta.tta.yo.n.hya.ku.ge.n.de.su.

你可以參觀每一個美術館和博物館，只要四百元。

・相關例句・

例 旅程を立ててもらえませんか？

ryo.te.i.o./ta.te.te./mo.ra.e.ma.se.n.ka.

可以幫我安排行程嗎？

例 これらの景勝地を訪れてみたいです。

ko.re.ra.no./ke.i.sho.u.chi.o./o.to.zu.re.te.mi.ta.i.de.su.

我要參觀這些景點。

例 ツアーは何時スタートですか？

tsu.a.a.wa./na.n.ji.su.ta.a.to.de.su.ka.

旅遊團幾點開始？

track 117

例 電車で行く日帰り旅行にいい場所はありますか？

de.n.sha.de./i.ku.hi.ga.e.ri.ryo.ko.u.ni./i.i.ba.sho.wa./
a.ri.ma.su.ka.

有沒有什麼地方是可以搭火車一天觀光的？

例 このあたりに遊園地はありますか？

ko.no.a.ta.ri.ni./yu.u.en.chi.wa./a.ri.ma.su.ka.

這附近有沒有遊樂園？

例 博物館には中国語のガイド付きツアーはありますか？

ha.ku.bu.tsu.ka.n.ni.wa./chu.u.go.ku.go.no./ga.i.do.
tsu.ki.tsu.a.a.wa./a.ri.ma.su.ka.

博物館有沒有中文導覽？

關鍵單字

旅程を立てる	ryo.te.i.o./ta.te.ru.	安排行程
観光地	ka.n.ko.u.chi.	觀光景點
景勝地	ke.i.sho.u.chi.	風景名勝
訪れる	o.to.zu.re.ru.	參觀、拜訪
日帰り旅行	hi.ga.e.ri.ryo.ko.u.	一日遊、當天來回的旅遊
このあたり	ko.no.a.ta.ri.	這附近
遊園地	yu.u.en.chi.	遊樂園
ガイド付きツアー		
	ga.i.do.tsu.ki.tsu.a.a.	含導遊的旅行

Unit 110 旅遊團的費用

●基本句型●

ツアーにはすべての費用が含まれますか？

tsu.a.a.ni.wa./su.be.te.no./hi.yo.u.ga./fu.ku.ma.re.ma.su.ka.

旅遊行程包括所有的費用嗎？

●實用會話●

Ⓐ 明日、クルーズに参加したいのですが。

a.shi.ta./ku.ru.u.zu.ni./sa.n.ka.shi.ta.i.no.de.su.ga.

我要參加明天的遊艇行程。

Ⓑ 分かりました。1人当たり2000元になります。

wa.ka.ri.ma.shi.ta./hi.to.ri.a.ta.ri./ni.se.n.ge.n.ni./na.ri.ma.su.

好的，每一個人兩千元。

Ⓐ ツアーにはすべての費用が含まれますか？

tsu.a.a.ni.wa./su.be.te.no./hi.yo.u.ga./fu.ku.ma.re.ma.su.ka.

旅遊行程包括所有的費用嗎？

track 118

🅑 はい、往復の運賃と食事代が含まれています。

ha.i./o.u.fu.ku.no./u.n.chi.n.to./sho.ku.ji.da.i.ga./fu.ku.ma.re.te.i.ma.su.

是的，包括來回車資和餐費。

🅐 ホテルへの送迎サービスはありますか？

ho.te.ru.e.no./so.u.ge.i.sa.a.bi.su.wa./a.ri.ma.su.ka.

有沒有到飯店的接送呢？

🅑 はい。ガイドがあなたをピックアップします。

ha.i./ga.i.do.ga./a.na.ta.o./pi.kku.a.ppu.shi.ma.su.

是的，導遊會接送你。

●相關例句●

例 費用はいくらくらい掛かりますか？

hi.yo.u.wa./i.ku.ra.ku.ra.i./ka.ka.ri.ma.su.ka.

費用大概多少？

例 運賃はいくらですか？

u.n.chi.n.wa./i.ku.ra.de.su.ka.

車資多少？

例 合計料金はいくらになりますか？

go.u.ke.i.ryo.u.ki.n.wa./i.ku.ra.ni.na.ri.ma.su.ka.

總共的費用是多少？

例 入場料は含まれていますか？

nyu.u.jo.u.ryo.u.wa./fu.ku.ma.re.te.i.ma.su.ka.

門票包括在內嗎？

例 大人料金はいくらになりますか？

o.to.na.ryo.u.ki.n.wa./i.ku.ra.ni./na.ri.ma.su.ka.

成人票是多少錢？

例 昼食は含まれていますか？

chu.u.sho.ku.wa./fu.ku.ma.re.te.i.ma.su.ka.

有包含午餐嗎？

●關鍵單字●

1人当たり	hi.to.ri.a.ta.ri. 每個人
運賃	u.n.chi.n. 車資
食事代	sho.ku.ji.da.i. 餐費
送迎サービス	so.u.ge.i.sa.a.bi.su. 接送服務
ピックアップ	pi.kku.a.ppu. 接送
合計料金	go.u.ke.i.ryo.u.ki.n. 總價
入場料	nyu.u.jo.u.ryo.u. 門票
大人料金	o.to.na.ryo.u.ki.n. 成人票價

track 119

Unit 111 計程車招呼站

●基本句型●

▼

どこでタクシーに乗れますか？

do.ko.de./ta.ku.shi.i.ni./no.re.ma.su.ka.

我可以在哪裡招到計程車？

●實用會話●

A 何かお困りですか？

na.ni.ka./o.ko.ma.ri.de.su.ka.

需要幫助嗎？

B はい、道に迷っています。博物館がどこにある
かご存じですか？

ha.i./mi.chi.ni.ma.yo.tte.i.ma.su./ha.ku.bu.tsu.ka.n.
ga./do.ko.ni./a.ru.ka./go.zo.n.ji./de.su.ka.

是的，我迷路了。你知道博物館在哪裡嗎？

A ああ、ここからはかなり遠いですね。

a.a./ko.ko.ka.ra.wa./ka.na.ri.to.o.i.de.su.ne.

喔，那裡離這裡很遠。

B どこでタクシーに乗れますか？

do.ko.de./ta.ku.shi.i.ni./no.re.ma.su.ka.

我可以在哪裡招到計程車？

Ⓐ タクシー乗り場はすぐ角にあります。

ta.ku.shi.i.no.ri.ba.wa./su.gu.ka.do.ni.a.ri.ma.su.

計程車招呼站就在街角。

Ⓑ たいへんありがとうございました。

ta.i.he.n./a.ri.ga.to.u.go.za.i.ma.shi.ta.

非常謝謝你。

●相關例句●

例 タクシー乗り場はどこですか？

ta.ku.shi.i.no.ri.ba.wa./do.ko.de.su.ka.

計程車招呼站在哪裡？

●關鍵單字●

～からかなり遠い	～ka.ra.ka.na.ri.to.o.i.	離～很遠
タクシー乗り場	ta.ku.shi.i.no.ri.ba.	計程車招呼站
すぐ角	su.gu.ka.do.	就在街角

track 120

Unit 112 搭計程車

●基本句型●

ここまで行ってもらえますか？

ko.ko.ma.de./i.tte.mo.ra.e.ma.su.ka.

你能不能載我去那邊？

●實用會話●

Ⓐ お客様、どちらまで行きますか？

o.kya.ku.sa.ma./do.chi.ra.ma.de.i.ki.ma.su.ka.

先生，你要去哪裡？

Ⓑ ここまで行ってもらえませんか？

ko.ko.ma.de./i.tte.mo.ra.e.ma.se.n.ka.

你能不能載我去那邊？

Ⓐ どうぞお乗りください。

do.u.zo./o.no.ri.ku.da.sa.i.

請上車。

Ⓑ ここからどのくらいですか？

ko.ko.ka.ra./do.no.ku.ra.i.de.su.ka.

從這裡過去有多遠？

Ⓐ そうですね、だいたい5マイルくらいです。

so.u.de.su.ne./da.i.ta.i.go.ma.i.ru.ku.ra.i.de.su.

嗯…大約有五哩。

B 20分以内に着きますでしょうか?

ni.ju.ppu.n.i.na.i.ni./tsu.ki.ma.su.de.sho.u.ka.

你可以在二十分鐘內送到到達嗎?

●相關例句●

例 タクシーを呼んでもらえますか?

ta.ku.shi.i.o./yo.n.de.mo.ra.e.ma.su.ka.

可以幫我叫計程車嗎?

例 こちらへ行ってください。

ko.chi.ra.e./i.tte.ku.da.sa.i.

(拿出地圖或紙條)請到這個地方。

例 市役所までお願いします。

shi.ya.ku.sho.ma.de./o.ne.ga.i.shi.ma.su.

請(載我)到市政廳。

例 市役所まで行ってください。

shi.ya.ku.sho.ma.de./i.tte.ku.da.sa.i.

請載我到市政廳。

例 このあたりでタクシーを拾えますか?

ko.no.a.ta.ri.de./ta.ku.shi.i.o./hi.ro.e.ma.su.ka.

這附近可以攔得到計程車嗎?

●關鍵單字●

マイル	ma.i.ru. 哩
タクシーを呼ぶ	ta.ku.shi.i.o./yo.bu. 叫計程車
タクシーを拾う	ta.ku.shi.i.o./hi.ro.u. 攔計程車
市役所	shi.ya.ku.sho. 市政廳

Unit 113 搭計程車需要的時間

●基本句型●

どのくらい時間が掛かりますか？

do.no.ku.ra.i.ji.ka.n.ga.ka.ka.ri.ma.su.ka.

需要多久的時間？

●實用會話●

Ⓐ お客様、どちらまで行きますか？

o.kya.ku.sa.ma./do.chi.ra.ma.de.i.ki.ma.su.ka.

先生，請問去哪裡？

Ⓑ 空港までお願いします。

ku.u.ko.u.ma.de./o.ne.ga.i.shi.ma.su.

請送我到機場。

Ⓐ 分かりました。

wa.ka.ri.ma.shi.ta.

好的。

Ⓑ すみません、どのくらい時間が掛かりますか？

su.mi.ma.se.n./do.no.ku.ra.i.ji.ka.n.ga./ka.ka.ri.ma.su.ka.

請問一下，需要多久的時間？

Ⓐ だいたい30分くらいです。

da.i.ta.i.sa.n.ju.ppu.n.ku.ra.i.de.su.

大約卅分鐘。

Ⓑ 急いでもらえますか？10時の飛行機に乗らなければいけないので。

i.so.i.de.mo.ra.e.ma.su.ka./ju.u.ji.no./hi.ko.u.ki.ni./no.ra.na.ke.re.ba./i.ke.na.i.no.de.

請快一點！我要趕搭十點的飛機。

Ⓐ 分かりました。

wa.ka.ri.ma.shi.ta.

好的。

•相關例句•

例 そこへ行くのにどのくらい時間がかかりますか？

so.ko.e.i.ku.no.ni./do.no.ku.ra.i./ji.ka.n.ga.ka.ka.ri.ma.su.ka.

到那裡要多久的時間？

----

track 122

Unit 114 到達目的地

●基本句型●

次の角で降ろしてください。

tsu.gi.no./ka.do.de./o.ro.shi.te.ku.da.sa.i.

讓我們在下個轉角下車！

●實用會話●

🅰 どちらまで行きますか?

do.chi.ra.ma.de./i.ki.ma.su.ka.

要去哪裡？

🅑 メープルストリートまで行ってください。

me.e.pu.ru.su.to.ri.i.to.ma.de./i.tte.ku.da.sa.i.

請載我們到楓葉街！

🅰 分かりました。

wa.ka.ri.ma.shi.ta.

好的，先生。

🅑 次の角で降ろしてください。

tsu.gi.no./ka.do.de./o.ro.shi.te.ku.da.sa.i.

讓我們在下個轉角下車！

🅰 着きました。500元です。

tsu.ki.ma.shi.ta.go.hya.ku.ge.n.de.su.

到了！總共是五百元。

B お釣りはいりません。

o.tsu.ri.wa./i.ri.ma.se.n.
不用找零了！

●相關例句●

例 そちらの前で降ろしてください。

so.chi.ra.no.ma.e.de./o.ro.shi.te.ku.da.sa.i.
請讓我在它的前面下車。

例 次の角で止めてください。

tsu.gi.no.ka.do.de./to.me.te.ku.da.sa.i.
請在下個轉角停車！

●關鍵單字●

おろす　　　　　　o.ro.su. 下車

track 123

Unit 115 計程車車資

●基本句型●

運賃はいくらですか？
u.n.chi.n.wa./i.ku.ra.de.su.ka.

車資是多少？

●實用會話●

Ⓐ そこまでどのくらい時間がかかりますか？

so.ko.ma.de./do.no.ku.ra.i.ji.ka.n.ga./ka.ka.ri.ma.su.ka.

到那裡要多久的時間？

Ⓑ だいたい50分くらいです。

da.i.ta.i./go.ju.ppu.n.ku.ra.i.de.su.

大概五十分鐘。

Ⓐ 分かりました。ありがとうございます。

wa.ka.ri.ma.shi.ta./a.ri.ga.to.u.go.za.i.ma.su.

我了解了。謝謝你。

（稍後到達目的地）

Ⓑ 到着しました。

to.u.cha.ku.shi.ma.shi.ta.

到了。

Ⓐ 運賃はいくらですか？

u.n.chi.n.wa./i.ku.ra.de.su.ka.

車資是多少？

258

B 250元になります。

ni.hya.ku.go.ju.u.ge.n.ni./na.ri.ma.su.

總共二百五十元。

Unit 116 迷路

●基本句型●

道に迷っています。

mi.chi.ni./ma.yo.tte.i.ma.su.

我迷路了。

●實用會話●

A すみません、道に迷っています。

su.mi.ma.se.n./mi.chi.ni./ma.yo.tte.i.ma.su.

抱歉,我迷路了。

B どこまで行くのですか?

do.ko.ma.de./i.ku.no.de.su.ka.

你要去哪裡?

A 駅への行き方を教えてもらえませんか?

e.ki.e.no.i.ki.ka.ta.o./o.shi.e.te.mo.ra.e.ma.se.n.ka.

你能告訴我如何去火車站嗎?

track 124

Ⓑ 4ブロックほど直進してから、左折してください。そうすれば駅です。

yo.n.bu.ro.kku.ho.do./cho.ku.shi.n.shi.te.ka.ra./sa.se.tsu.shi.te./ku.da.sa.i./so.u.su.re.ba./e.ki.de.su.

直走過四個街區再左轉，你就會看到(火車站)。

Ⓐ 駅の周辺に何か目立った建物はありますか？

e.ki.no.shu.u.he.n.ni./na.ni.ka./me.da.tta./ta.te.mo.no.wa./a.ri.ma.su.ka.

車站附近有沒有明顯的建築物？

Ⓑ 駅の隣には赤い建物があります。

e.ki.ni./to.na.ri.ni.wa./a.ka.i.ta.te.mo.no.ga./a.ri.ma.su.

車站旁有一棟紅色的建築物。

●相關例句●

例 自分がどこにいるのか分かりません。

ji.bu.n.ga./do.ko.ni./i.ru.no.ka./wa.ka.ri.ma.se.n.

我不知我人在哪裡。

例 方向を教えてもらえませんか？

ho.u.ko.u.o./o.shi.e.te./mo.ra.e.ma.se.n.ka.

可以指點我方向嗎？

●關鍵單字●

ブロック	bu.ro.kku. 街區
直進する	cho.ku.shi.n.su.ru. 直走
周辺	shu.u.he.n. 附近
目立つ	me.da.tsu. 醒目

2
6
0

Unit 117 搭公車

●基本句型●

とうきょう
東京までは、いくつ駅があります
えき
か？

to.u.kyo.u.ma.de.wa./i.ku.tsu.e.ki.ga./a.ri.ma.su.ka.

到東京有多少個站？

●實用會話●

A とうきょう 東京までは、いくつ駅がありますか？

to.u.kyo.u.ma.de.wa./i.ku.tsu.e.ki.ga./a.ri.ma.su.ka.

到東京有多少個站？

B 6駅です。

ro.ku.e.ki.de.su.

六站。

A とうちゃく 到着したら おし 教えていただけますか？

to.u.cha.ku.shi.ta.ra./o.shi.e.te./i.ta.da.ke.ma.su.ka.

到達時可否告訴我一聲？

B いいですよ。

i.i.de.su.yo.

當然好。

(稍後到達目的地)

track 125

Ⓐ 東京です。

to.u.kyo.u.de.su.

東京到了。

Ⓐ ここで降ろしてください。

ko.ko.de./o.ro.shi.te./ku.da.sa.i.

我要在這裡下車。

●相關例句●

例 ダウンタウン行きのバスは、どこから出発しますか？

da.u.n.ta.u.n.yu.ki.no./ba.su.wa./do.ko.ka.ra./shu.ppa.tsu.shi.ma.su.ka.

到市中心的巴士在哪裡發車？

例 ダウンタウン行きのバスは、どのくらいの間隔で出発しますか？

da.u.n.ta.u.n.yu.ki.no./ba.su.wa./do.no.ku.ra.i.no./ka.n.ka.ku.de./shu.ppa.tsu.shi.ma.su.ka.

到市中心的巴士多久來一班？

例 切符はどこで買えますか？

ki.ppu.wa./do.ko.de./ka.e.ma.su.ka.

我可以在哪裡買到票？

例 このバスは博物館で止まりますか？

ko.no.ba.su.wa./ha.ku.bu.tsu.ka.n.de./to.ma.ri.ma.su.ka.

巴士有停靠在博物館嗎？

例 バスがそこに到着したら、知らせてくれます
か？

ba.su.ga./so.ko.ni./to.u.cha.ku.shi.ta.ra./shi.ra.se.te.
ku.re.ma.su.ka.

巴士到站時，可以告訴我一聲嗎？

關鍵單字

| ダウンタウン | da.u.n.ta.u.n. 市中心 |
| 間隔 | ka.n.ka.ku. 間隔 |

Unit 118 逛街

基本句型

ただ見ているだけです。
ta.da.mi.te.i.ru.da.ke.de.su.
我只是隨意看看。

實用會話

Ⓐ いかがされましたでしょうか？
i.ka.ga.sa.re.ma.shi.ta./de.sho.u.ka.
需要我幫忙的嗎？

track 126

B ただ見ているだけです。

ta.da.mi.te.i.ru.da.ke.de.su.

我只是隨意看看。

A 分かりました。何かありましたら、お知らせください。

wa.ka.ri.ma.shi.ta./na.ni.ka.a.ri.ma.shi.ta.ra./o.shi.ra.se.ku.da.sa.i.

好的！如果你需要任何東西的話，讓我知道一下。

B これを見せてもらっていいですか？棚に見つからないのです。

ko.re.o./mi.se.te./mo.ra.tte.i.i.de.su.ka./ta.na.ni./mi.tsu.ka.ra.na.i.no.de.su.

我可以看一下這一個嗎？我在架上找不到這個。

A 分かりました。新しい物を持ってきます。

wa.ka.ri.ma.shi.ta./a.ta.ra.shi.i./mo.no.o./mo.tte.ki.ma.su.

可以的。我拿一個新的給你。

●相關例句●

例 ちょっと見ているだけです。

cho.tto.mi.te.i.ru.da.ke.de.su.

我只是參觀看看。

例 これを見てもいいですか？

ko.re.o./mi.te.mo.i.i.de.su.ka.

我可以看一看這個嗎？

Unit 119 買特定商品

●基本句型●

モニターを探しています。
mo.ni.ta.a.o./sa.ga.shi.te.i.ma.su.
我想買一個電腦螢幕。

●實用會話●

A いかがされましたでしょうか？
i.ka.ga.sa.re.ma.shi.ta./de.sho.u.ka.
需要我幫忙的嗎？

B モニターを探しています。
mo.ni.ta.a.o./sa.ga.shi.te.i.ma.su.
我想買一個電腦螢幕。

A どのブランドがよろしいですか？
do.no.bu.ra.n.do.ga./yo.ro.shi.i.de.su.ka.
你想要什麼品牌？

B パナソニックです。これと同じタイプのものが
欲しいです。
pa.na.so.ni.kku.de.su./ko.re.to./o.na.ji.ta.i.pu.no.mo.
no.ga./ho.shi.i.de.su.
國際牌。我要和這個一樣的款式。

track 127

Ⓐ 申し訳ありませんが、在庫がありません。

mo.u.shi.wa.ke.a.ri.ma.se.n.ga./za.i.ko.ga./a.ri.ma.se.n.

抱歉，先生，這個沒有庫存了！

Ⓑ カタログを見せていただけますか?

ka.ta.ro.gu.o./mi.se.te./i.ta.da.ke.ma.su.ka.

你們有目錄給我看看嗎？

Ⓐ 問題ありません、すぐ持ってきます。

mo.n.da.i.a.ri.ma.se.n./su.gu.mo.tte.ki.ma.su.

沒問題！我馬上拿過來。

●相關例句●

例 これがこちらで一番いい物ですか。

ko.re.ga./ko.chi.ra.de./i.chi.ba.n.i.i.mo.no.de.su.ka.

這是你們有的最好的商品嗎？

例 これが私が欲しいものです。

ko.re.ga./wa.ta.shi.ga./ho.shi.i.mo.no.de.su.

這就是我要的。

例 日焼け止めローションを探しています。

hi.ya.ke.do.me.ro.o.sho.n.o./sa.ga.shi.te.i.ma.su.

我在找防曬乳。

例 これと同じようなものはありませんか?

ko.re.to./o.na.ji.yo.u.na.mo.no.wa.a.ri.ma.se.n.ka.

你們有賣像這一個的嗎？

例 マックのリップスティックが見たいです。

ma.kku.no./ri.ppu.su.thi.kku.ga./mi.ta.i.de.su.
我想看Mac的口紅。

關鍵單字

モニター	mo.ni.ta.a.	電腦螢幕。
ブランド	bu.ra.n.do.	品牌
在庫がない	za.i.ko.ga./na.i.	沒有庫存
カタログ	ka.ta.ro.gu.	目錄
日焼け止め	hi.ya.ke.do.me.	防曬
リップスティック	ri.ppu.su.thi.kku.	口紅

track 128

Unit 120 商品的售價

●基本句型●

いくらですか？

i.ku.ra.de.su.ka.

要多少錢？

●實用會話●

A その黒いセーターを見せてください。

so.no.ku.ro.i.se.e.ta.a.o./mi.se.te./ku.da.sa.i.

請給我看看那件黑色毛衣。

B はい、どうぞ。

ha.i./do.u.zo.

請看。

A いくらですか？

i.ku.ra.de.su.ka.

要多少錢？

B 2000元になります。

ni.se.n.ge.n.ni.na.ri.ma.su.

要兩千元。

A これは高すぎます。

ko.re.wa./ta.ka.su.gi.ma.su.

它太貴了。

268

● 相關例句 ●

例 いくらと言いましたか？

i.ku.ra.to.i.i.ma.shi.ta.ka.
你說要多少錢？

例 お値段はいくらですか？

o.ne.da.n.wa./i.ku.ra.de.su.ka.
價格是多少？

例 いくらで売っていますか？

i.ku.ra.de./u.tte.i.ma.su.ka.
它要賣多少錢？

例 合わせていくらですか？

a.wa.se.te./i.ku.ra.de.su.ka.
總共要多少錢？

例 これはいくらくらいしますか？

ko.re.wa./i.ku.ra.ku.ra.i./shi.ma.su.ka.
這個大概賣多少錢？

例 いくら払えばいいですか？

i.ku.ra.ha.ra.e.ba.i.i.de.su.ka.
我應該要付多少錢？

● 關鍵單字 ●

セーター	se.e.ta.a. 毛衣
合わせて	a.wa.se.te. 總共

track 129

Unit 121 是否有特價促銷

●基本句型●

この商品は今週セール中ですか？

ko.no.sho.u.hi.n.wa./ko.n.shu.u.se.e.ru.chu.u.de.su.
ka.

這項商品本週有特價嗎？

●實用會話●

🅐 今日からビッグセールが始まりますか？

kyo.u.ka.ra.bi.ggu.se.e.ru.ga./ha.ji.ma.ri.ma.su.ka.

跳樓大拍賣是今天開始嗎？

🅑 はい、お客様。

ha.i./o.kya.ku.sa.ma.

是的，先生。

🅐 この商品は今週セール中ですか？

ko.no.sho.u.hi.n.wa./ko.n.shu.u.se.e.ru.chu.u.de.su.ka.

這項商品本週有特價嗎？

🅑 はい、たったの 500 元です。

ha.i./ta.tta.no.go.hya.ku.ge.n.de.su.

有的，只要五百元。

🅐 このセールはいつまでですか？

ko.no.se.e.ru.wa./i.tsu.ma.de.de.su.ka.

這個促銷什麼時候結束？

B 次の金曜日までです。

tsu.gi.no./ki.n.yo.u.bi.ma.de.de.su.

下週五。

●相關例句●

例 これはセール中ですか？

ko.re.wa./se.e.ru.chu.u.de.su.ka.

這個有特價嗎？

例 このドライヤーは在庫処分セール中ですか？

ko.no.do.ra.i.ya.a.wa./za.i.ko.sho.bu.n.se.e.ru.chu.u.de.su.ka.

這個吹風機有在清倉特賣嗎？

例 これらは半額ですか？

ko.re.ra.wa./ha.n.ga.ku.de.su.ka.

這些都賣半價嗎？

例 そのクーポンはそれに使えますか？

so.no.ku.u.po.n.wa./so.re.ni./tsu.ka.e.ma.su.ka.

我可以用折價券買這個嗎？

例 後日また来てもいいですか？

go.ji.tsu.ma.ta./ki.te.mo.i.i.de.su.ka.

我可以改天再來嗎？

●關鍵單字●

ビッグセール	bi.ggu.se.e.ru.	大拍賣
在庫処分セール	za.i.ko.sho.bu.n.se.e.ru.	清倉拍賣

| 半額
はんがく | ha.n.ga.ku. 半價 |
| クーポン | ku.u.po.n. 折價券 |

Unit 122 不滿意商品

●基本句型●

形は好きですが、色が好みではありません。
ka.ta.chi.wa./su.ki.de.su.ga./i.ro.ga.ko.no.mi./de.wa.a.ri.ma.se.n.

我喜歡這款式，但是不喜歡這顏色。

●實用會話●

Ⓐ どうですか？
do.u.de.su.ka.
你覺得呢？

Ⓑ 冬には明るすぎる色ですね。
fu.yu.ni.wa./a.ka.ru.su.gi.ru.i.ro.de.su.ne.
冬天穿這件衣服顏色太亮了。

A そうですね、形は好きですが、色が好みではありません。

so.u.de.su.ne./ka.ta.chi.wa./su.ki.de.su.ga./i.ro.ga.ko.no.mi./de.wa.a.ri.ma.se.n.

是啊！我喜歡這款式，但是不喜歡這顏色。

B この赤のはどうですか？

ko.no.a.ka.no.wa./do.u.de.su.ka.

這個紅色的怎麼樣？

A 私の欲しいものです。とても素敵に見えます。

wa.ta.shi.no./ho.shi.i.mo.no.de.su./to.te.mo.su.te.ki.ni./mi.e.ma.su.

這就是我要的。看起來很漂亮。

B 素晴らしい。とても似合っていますよ。

su.ba.ra.shi.i./to.te.mo.ni.a.tte.i.ma.su.yo.

太好了！你穿起來很好看。

●相關例句●

例 他の色はありますか？

ho.ka.no.i.ro.wa./a.ri.ma.su.ka.

有沒有其他顏色？

例 これは良くないと思います。

ko.re.wa./yo.ku.na.i.to./o.mo.i.ma.su.

我不覺得這件好。

例 ちょっと派手ですね。

cho.tto./ha.de.de.su.ne.

有點華麗。

track 131

關鍵單字

形	ka.ta.chi.	款式
色	i.ro.	顏色
素晴らしい	su.ba.ra.shi.i.	太好了
似合う	ni.a.u.	適合、好看
派手	ha.de.	華麗

Unit 123 試穿衣物

基本句型

それを試着してもいいですか？
so.re.o./shi.cha.ku.shi.te.mo.i.i.de.su.ka.

我可以試穿那件嗎？

實用會話

🅐 それを試着してもいいですか？

so.re.o./shi.cha.ku.shi.te.mo.i.i.de.su.ka.

我可以試穿那件嗎？

B はい。こちらへどうぞ。

ha.i./ko.chi.ra.e./do.u.zo.

當然可以。這邊請。

A これは私にどうでしょうか？

ko.re.wa./wa.ta.shi.ni./do.u.de.sho.u.ka.

我穿這件看起來怎麼樣？

B ウエストラインは緩すぎると思いませんか？

u.e.su.to.ra.i.n.wa./yu.ru.su.gi.ru.to./o.mo.i.ma.se.n.ka.

你不會覺得腰圍太鬆了嗎？

A 小さいサイズを試してみてもいいですか？

chi.i.sa.i.sa.i.zu.o./ta.me.shi.te.mi.te.mo./i.i.de.su.ka.

我能試穿較小件的嗎？

B サイズは6だと思います。

sa.i.zu.wa.ro.ku.da.to./o.mo.i.ma.su.

我猜你要穿六號！

例 きつすぎです。

ki.tsu.su.gi.de.su.

太緊了。

例 まだお腹周りがきついです。

ma.da.o.na.ka.ma.wa.ri.ga./ki.tsu.i.de.su.

腰部太緊了。

track 132

例 お尻の周りがきつすぎます。

o.shi.ri.no.ma.wa.ri.ga./ki.tsu.su.gi.ma.su.

臀部太緊了。

例 短すぎます。／

mi.ji.ka.su.gi.ma.su.

太短了。

例 サイズ8はありますか？

sa.i.zu.ha.chi.wa./a.ri.ma.su.ka.

你們有八號嗎？

例 無料のサイズ直しはありますか？

mu.ryo.u.no./sa.i.zu.na.o.shi.wa./a.ri.ma.su.ka.

你們有免費修改嗎？

例 パンツの長さを調整してもらえますか？

pa.n.tsu.no.na.ga.sa.o./cho.u.se.i.shi.te.mo.ra.e.ma.su.ka.

你能修改褲子的長度嗎？

關鍵單字

きつすぎる	ki.tsu.su.gi.ru.	太緊
お尻	o.shi.ri.	臀部
周り	ma.wa.ri.	周圍
短すぎる	mi.ji.ka.su.gi.ru.	太短
無料	mu.ryo.u.	免費
サイズ直し	sa.i.zu.na.o.shi.	修改尺寸

パンツ	pa.n.tsu. 褲子
長さ	na.ga.sa. 長度
調整	cho.u.se.i. 修改

Unit 124 詢問商品的尺寸

●基本句型●

このスカートのサイズ 7 はあります
か？

ko.no.su.ka.a.to.no./sa.i.zu.na.na.wa./a.ri.ma.su.ka.

這件裙子有七號尺寸嗎？

●實用會話●

A 私には完璧に見えます。

wa.ta.shi.ni.wa./ka.n.pe.ki.ni./mi.e.ma.su.

這個看起來很棒！

B 試着してみますか？

shi.cha.ku.shi.te.mi.ma.su.ka.

你要試穿嗎？

track 133

Ⓐ このスカートのサイズ7はありますか？

ko.no.su.ka.a.to.no./sa.i.zu.na.na.wa./a.ri.ma.su.ka.

這件裙子有七號尺寸嗎？

Ⓑ これにはいくつかのサイズがあります。

ko.re.ni.wa./i.ku.tsu.ka.no./sa.i.zu.ga./a.ri.ma.su.

這有好多種尺寸。

Ⓐ 私のサイズの赤いものを見せてください。

wa.ta.shi.no./sa.i.zu.no./a.ka.i.mo.no.o./mi.se.te.ku.da.sa.i.

請拿件紅色的給我看看，要合我的尺寸。

Ⓑ 分かりました。

wa.ka.ri.ma.shi.ta.

好的。

●相關例句●

例 大きいサイズが欲しいです。

o.o.ki.i.sa.i.zu.ga./ho.shi.i.de.su.

我要大尺寸的。

例 自分のサイズがどのくらいか分かりません。

ji.bu.n.no./sa.i.zu.ga./do.no.ku.ra.i.ka./wa.ka.ri.ma.se.n.

我不知道我的尺寸。

例 これは私のサイズではありません。

ko.re.wa./wa.ta.shi.no./sa.i.zu./de.wa.a.ri.ma.se.n.

這不是我的尺寸。

Unit 125 是否有折扣

●基本句型●

割引はありますか？
wa.ri.bi.ki.wa./a.ri.ma.su.ka.

有沒有折扣？

●實用會話●

A これはいくらですか？

ko.re.wa.i.ku.ra.de.su.ka.

這個賣多少錢？

B 5000元です。

go.se.n.ge.n.de.su.

五千元。

A もっと安い物が欲しいです。割引はありますか？

mo.tto.ya.su.i.mo.no.ga./ho.shi.i.de.su./wa.ri.bi.ki.wa./a.ri.ma.su.ka.

我想買一些較便宜的。有沒有折扣？

B 奥様、残念ながらありません。

o.ku.sa.ma./za.n.ne.n.na.ga.ra./a.ri.ma.se.n.

抱歉，這位太太，沒有。

track 134

Ⓐ それだと厳しいですね。無駄足になってしまい
ました。

so.re.da.to./ki.bi.shi.i.de.su.ne./mu.da.a.shi.ni./na.tte.
shi.ma.i.ma.shi.ta.

我實在付不起！無能接受。

●相關例句●

例 安くしてもらえませんか？

ya.su.ku.shi.te./mo.ra.e.ma.se.n.ka.

你可以算我便宜一點嗎？

例 割引してもらえませんか？

wa.ri.bi.ki.shi.te./mo.ra.e.ma.se.n.ka.

你可以給我折扣嗎？

例 少し値下げしてもらえませんか？

su.ko.shi./ne.sa.ge.shi.te./mo.ra.e.ma.se.n.ka.

可以再便宜一點嗎？

●關鍵單字●

無駄足	mu.da.a.shi. 白跑一趟
割引	wa.ri.bi.ki. 折扣
値下げ	ne.sa.ge. 減價

附錄—旅遊常用單字總匯

パスポート	護照
パスポート番号	護照號碼
ビザ	簽證
ビザ番号	簽證號碼
学生ビザ	學生簽證
ビジネスビザ	商務簽證
観光ビザ	觀光簽證
有効	有效
(有効期限が切れて)無効	逾期無效
発行場所	發照地
発行日	發照日期
旅行書類	旅行文件
航空運賃	票價
チケット	機票
片道切符	單程票

track 135

おうふくきっぷ **往復切符**	來回票
ちょつう ちょっこう **直通、直行**	直達
の つ **乗り継ぎ**	轉機
おうふくりょこう **往復旅行**	來回旅程
かたみちりょこう **片道旅行**	單程旅程
にゅうこく **入国**	入境
しゅっこく **出国**	出境
ていこく **定刻**	準時
りりく **離陸**	起飛
ちゃくりく **着陸**	著陸
かくにん **確認**	確認
こうくうがいしゃ **航空会社**	航空公司
ひこうきびん **フライト、飛行機便**	航班
ちょっこうびん **直行便**	直達航班
の りつ びん **乗継ぎ便**	轉機航班
こくないせん **国内線**	國內線
こくさいせん **国際線**	國際線

ていきびん 定期便	定期班次
ついかびん 追加便	增加班次
じこくひょう 時刻表	時刻表
げんちじかん 現地時間	當地時間
しゅっぱつじかん 出発時間	離境時間
とうちゃく 到着	抵達
ちえん 遅延	延誤
チェックイン	報到
くうこう 空港	機場
しゅっぱつ 出発ホール	出境大廳
とうちゃく 到着ホール	入境大廳
チェックインカウンター	報到櫃檯
いりぐち 入口	入口
でぐち 出口	出口
きつえんしつ 喫煙室	吸煙室
あんないまどぐち 案内窓口	服務台
ATM げんきんじどうあずけばらいき ATM現金自動預け払い機	自動提款機

track 136

ゆうびんきょく 郵便局	郵局
ぎんこう 銀行	銀行
めんぜいてん 免税店	免稅商店
レストラン	餐廳
きっさてん 喫茶店	咖啡廳
エレベーター	電梯
エスカレーター	手扶梯
かいだん 階段	樓梯
トイレ	廁所
じょし 女子トイレ	女廁
だんし 男子トイレ	男廁
こうしゅうでんわ 公衆電話	公共電話
ちょうきょりでんわ 長距離電話	長途電話
こくさいでんわ 国際電話	國際電話
はな ちゅう 話し中	佔線中
ちゅうしゃじょう 駐車場	停車場
にもつ 荷物	行李

機内持込み手荷物	手提行李
荷物預け	行李託運
手荷物受取所	提領行李區
荷物の引き換え	取託運行李的標籤
コインロッカー	寄物櫃
荷物重量計	行李磅秤
荷物のタグ	行李掛牌
手荷物カート	行李手推車
搭乗	登機
搭乗ゲート	登機門
4番ゲート	4號登機門
搭乗券	登機證
ファーストクラス	頭等艙
ビジネスクラス	商務艙
エコノミークラス	經濟艙
乗り換え	轉乘
乗り継ぎ	過境、轉機

報復性**旅遊**
必備的萬用日語

 track 137

シャトルバス	接駁車
VIPルーム	貴賓室
待合室	候機室
支払い	支付
税金	税務
現金	現金
硬貨	硬幣
両替	兌換
交換レート	兌換匯率
小銭	零錢
お札	紙鈔
空港税	機場稅
手数料	手續費
乗客	乘客
旅行者	旅客
機長	機長
キャビン・アテンダント	空服員

286

こうくうがいしゃ 航空会社スタッフ	地勤人員
つ 連れ	同伴
し あ 知り合い	認識的人
せき 席	座位
つうろがわ せき 通路側の席	靠走道座位
まどがわ せき 窓側の席	靠窗座位
きつえんせき 喫煙席	吸煙區
きんえんせき 禁煙席	非吸煙區
ひじょうぐち 非常口	緊急出口
イヤホン	耳機
ひこうきよ 飛行機酔い	暈機的
ずつう 頭痛	頭痛
いた 痛み	疼痛
いつう 胃痛	胃痛
ねつ 熱	發燒
のど かわ 喉が渇く	口渇
もうふ 毛布	毯子

track 138

枕 まくら	枕頭
アスピリン	阿司匹靈
食事 しょくじ	餐點
飲み物 の もの	飲料
映画 えいが	電影
トイレ	廁所
使用中 しようちゅう	(廁所)使用中
空室 くうしつ	(廁所)無人使用
頭上の荷物棚 ずじょう にもつたな	上方櫃子
しっかり締める し	繫緊
シートベルト	安全帶
救命胴衣 きゅうめいどうい	救生衣
酸素マスク さんそ	氧氣面罩
シートベルトを締める し	扣緊安全帶
エチケット袋 ぶくろ	嘔吐袋
乱気流 らんきりゅう	亂流
気温 きおん	氣溫

現地時間 げんちじかん	當地時間
時差ぼけ じさ	時差
入国管理官 にゅうこくかんりかん	移民官
税関職員 ぜいかんしょくいん	海關官員
検疫官 けんえきかん	檢疫官
ビザなし入国 にゅうこく	免簽入境
オーバーステイ	逾期滯留
目的地 もくてきち	目的地
トランジット	過境
申告 しんこく	申報
記入 きにゅう	填寫
入国審査 にゅうこくしんさ	入境檢查
入国カード にゅうこく	入境記錄卡
税関申告書 ぜいかんしんこくしょ	海關申報單
現金申告 げんきんしんこく	現金申報單
申告書 しんこくしょ	申請表
フルネーム	全名

track 139

ID カード	身份證
しょくぎょう 職業	職業
じゅうしょ 住所	住址
こくせき 国籍	國籍
とうろく 登録	登記
みつゆひん 密輸品	違禁品
めんぜいひん 免税品	免税品
けんえき 検疫	檢疫
じゅうみん 住民	本國居民
がいこくじん 外国人	外國居民
の　つ　きゃく 乗り継ぎ客	過境旅客
つうやくしゃ 通訳者	翻譯人員
スタンプ	戳章
チェックイン	登記住宿
チェックアウト	退房
あ　べ　や 空き部屋	空房
あ 空いている	空房的

かくにんひょう 確認表	確認單
カウンター	櫃臺
オペレーター	總機
うけつけ 受付	接待員
シングルルーム	單人房
ダブルルーム	雙人房
けしき 景色	景觀
よやく 予約	預約
キャンセル	取消
かくにん 確認	確認
かぎ 鍵、キー	鑰匙
へや ばんごう 部屋番号	房號
かい 階	樓層
ロビー	大廳
ランドリーサービス	洗衣服務
せんたくもの 洗濯物	送洗的衣服
クリーニング店 てん	乾洗店

track 140

ロッカー	衣物櫃
メッセージ	留言
お土産	紀念品
観光地	觀光名勝
ルームサービス	房間服務
モーニングコール	早晨叫醒服務
チップ	小費
部屋代	住宿費
料金	費用
費用	花費
勘定	帳單
クレジットカード	信用卡
現金	現金
トラベラーズチェック	旅行支票
レシート	收據
クーポン	優惠券

地図	地圖
旅行ツアー	旅行團
観光ツアー	觀光旅遊團
お土産	紀念品
ガイドブック	旅遊手冊
ツアーパンフレット	旅遊團簡介
ガイド	導遊

永續圖書
線上購物網

www.foreverbooks.com.tw

◆ 加入會員即享活動及會員折扣。

◆ 每月均有優惠活動，期期不同。

◆ 新加入會員三天內訂購書籍不限本數金額，
即贈送精選書籍一本。（依網站標示為主）

專業圖書發行、書局經銷、圖書出版

永續圖書總代理：
五觀藝術出版社、培育文化、棋茵出版社、大拓文化、讀
品文化、雅典文化、知音人文化、手藝家出版社、璞申文
化、智學堂文化、語言鳥文化

活動期內，永續圖書將保留變更或終止該活動之權利及最終決定權。